DREAMBOOKS★

신화의 전장

dream
books
드림북스

신화의 전장 21(완결)

초판 1쇄 인쇄 2021년 8월 9일
초판 1쇄 발행 2021년 8월 23일

지은이 박정수
발행인 오영배
편집 편집부
일러스트 액저
본문 디자인 오정인
제작 조하늬

펴낸 곳 (주)삼양출판사 · 드림북스
주소 서울시 강북구 도봉로 173
대표 전화 02-980-2112 **팩스** 02-983-0660
편집부 전화 02-987-9393 **팩스** 02-980-2115
블로그 blog.naver.com/dreambookss
출판등록 1999년 3월 11일 제9-00046호

ISBN 979-11-283-7102-8 (04810) / 979-11-283-9403-4 (세트)

드림북스는 (주)삼양출판사의 판타지 · 무협 문학 브랜드입니다.

신화의 전장
21
완결
MODERN FANTASY STORY & ADVENTURE
박정수 현대판타지 장편소설
dream books
드림북스

목 차

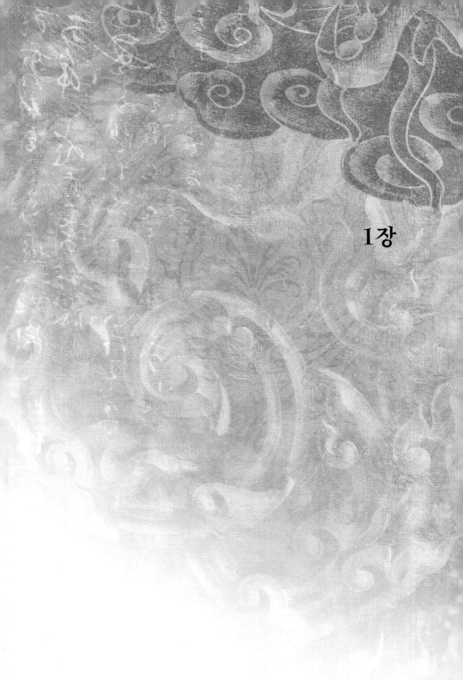

1장

"크르르—, 크하아아앙!"

눈앞에 섬뜩한 흉광을 번뜩이는 것은 호랑이이되, 호랑이가 아니었다.

호랑이이되, 뱀이었고, 뱀이었으나 소였다.

소는 대합의 칼날이 되었으며…….

용이었다.

하나이자, 아홉인 용은 삼합회의 수뇌이자, 무림의 수장인 그들을 무참히 찢어 죽였다.

제아무리 당철중, 남궁상환, 배극량과 단우백이 천외천에 입신했다 하여도, 고흥과 양만강이 그런 그들의 뒤를 받쳐준다 하여도 천외천의 끝자락에 달한 용을 죽일 수는 없는 법.

　"끄아아아악!"

　당철중은 쇠낫처럼 시퍼런 호랑이의 발톱에 찢겨 죽었고.

　"끄억—."

　"흐으으윽."

　남궁상환과 배극량은 뱀의 독에 목숨이 떨어졌으며.

　"으아아악!"

　단우백은 소의 뿔에 척추가 부러져 명이 끊어졌다.

　고흥과 양만강은 각자 대합의 칼날에 목이 잘렸다.

　"빠르군."

　박현은 핏물이 흐르는 대합의 칼을 몸속으로 거두며 고개를 들었다.

　저 멀리 빠르게 다가오는 세 개의 기운.

　굳이 보지 않아도 알 수 있을 정도로 각자의 기운이 선명했다.

"그냥 가면 예의가 아니겠지."

박현은 비릿한 웃음을 지으며 허공으로 몸을 띄웠다.

인간의 육신은 깨지고, 허울뿐인 껍질을 뒤집어썼다.

용(龍)!

우지끈— 와르르르 콰과광!

박현은 건물을 부수며 거대한 용의 모습을 드러냈다.

그리고 유유히 하늘로 날아올라 용생구자의 중국 3인방을 기다렸다.

가장 먼저 박현 앞에 선 이는 공복이었다.

『오랜만입니다.』

"너, 너는…….."

공복은 박현, 정확히는 용의 탈을 쓴 삼족오를 보며 얼굴을 굳혔다가, 이내 시퍼런 살기를 드러냈다.

『이리 맞아주시니 몸 둘 바를 모르겠군요.』

박현은 뒤이어 자신의 앞에 서는 포뢰와 공복을 보며 반갑게 인사를 건넸다.

"네, 네 이노옴!"

하지만 돌아온 답사는 분노가 꾹꾹 담긴 일갈이었다.

"하아—."

그리고 금예는 기가 막힌다는 듯 장탄식을 내뱉었다.

자신들을 맞이하는 박현의 모습은, 용.

용생구자에게 그 모습은 아버지의 흔적이자, 그리움이었다.

그걸 거짓으로 뒤집어쓴 것이었다.

"그리 독할 필요가 있었느냐?"

금예가 물었다.

『푸하하하하하하!』

박현은 대소를 터트렸다.

그리고 금예를 쳐다보고, 공폭과 포뢰를 쳐다보았다.

『그래서 제 할머니를 죽이신 겁니까?』

박현은 분노에 차 소리를 지를 법도 하건만, 무심할 정도로 차분하게 되물었다.

『왜 이러십니까? 어차피 돌아올 길을 끊은 건 당신들인데.』

지지직 — 지직!

용의 육신이 찢기며 그 안에서 거대한 검은 까마귀, 삼족오가 모습을 드러냈다.

『그럼 또 봅시다.』

팡!

삼족오의 신형이 그 자리에서 사라졌다.

"이놈!"

화기 머리끝까지 난 포뢰가 박현의 뒤를 쫓았지만, 공간
과 공간을 접어 축지로 사라지는 박현을 쫓을 수는 없었다.

             *   *   *

그날 자정.

하남성, 숭산.

그 아래 소림사 무술을 가르치는 학원들이 즐비한 소림
무술 거리.

그곳에 거대한 화재라도 일어난 것처럼 도시 자체가 활
활 타올랐다.

             *   *   *

그날 이른 새벽.

호북성.

중국 도교의 영산(靈山)으로 불리며, 무림의 양대 축이라 불리는 무당파의 본산, 무당산.

우르르르르— 콰과과광!

땅이 울리며 산이 무너졌다.

거대한 산은 마치 해일처럼 인근 도시들을 덮치며 거대한 무덤을 만들었다.

*　　　*　　　*

그날 동트는 새벽.

베이징 인근.

무장경찰본부 소속 경찰부대에 폭약이 터지며, 특수부대 설표돌격대가 그 자리에서 폭사했다.

*　　　*　　　*

이른 아침.

용생구자가 한 자리에 모였다.

그런 그들의 앞에 한 명의 사내가 바싹 엎드려 있었다.

현재 산해경 무리들을 이끄는 수뇌들 중 하나인 추이(酋耳)[1]였다.

"어찌되었다고?"

비희가 부들부들 떨리는 목소리로 물었다.

충격 때문이 아니었다.

겁이 나서도 아니었다.

당황해서 그런 것도 아니었다.

분노.

그 분노가 다스려지지 않아 그런 것이었다.

"산해경의 아이들이 떼죽음을 당했나이다."

추이가 바들바들 떨며 대답했다.

"어찌! 어찌하여!"

이문이 팔걸이를 탕 치며 물었다.

"됐다."

비희가 이문의 화를 눌렀다.

"가서 현 상황을 수습하라."

"예!"

추이는 마치 기다렸다는 듯이 고개를 조아린 뒤 서둘러 방을 빠져나갔다.

"끄응."

비희는 손으로 이마를 짚으며 앓는 소리를 삼켰다.

"당했군."

손 쓸 사이도 없이 당했다.

"공복, 금예야."

"예."

"예, 형님."

금예와 공복이 대답했다.

"너희는 최대한 산해경과 무림을 수습하거라."

"알겠습니다."

"그리하겠습니다."

비희는 폐안을 쳐다보았다.

"네가 나서줘야겠다."

"움직입니까?"

"야쿠자로 일본의 이면을 흔들고, 동시에 가용할 수 있는 모든 수단을 써서 한국도 흔들어라."

"알겠습니다."

"포뢰야. 너도 공산당을 이용해 한국을 압박하고, 국지적 긴장감을 높여."

"예."

비희는 마지막으로 이문을 쳐다보았다.

"네가 직접 홍콩으로 가거라."

"홍콩 말씀이십니까?"

"홍콩을 접수하고, 삼합회 잔당들을 흡수하라."

홍콩.

자그만 도시일 뿐이었지만, 그곳에 집결해 있는 이면의 힘은 용생구자의 잘린 팔과 다리를 능히 대처하고도 남을 정도였다.

"애자야."

"예, 오라버니."

"너는 대만으로 가거라."

"너라면 미국을 이용해 대만을 쥘 수 있을 게다. 홍콩으로 팔과 다리를 다시 붙이고, 대만으로 만든 칼을 손에 쥐어야겠다."

"하아―. 알았어요."

애자가 고개를 끄덕였다.

"그 명분은 강대한 중국, 그리고 그 중국이 꿈꾸는 꿈. 중국몽."

빠르게 명을 내린 비희가 형제들을 쳐다보았다.

"지금부터 잘 들어라, 형제들아. 거칠어도 상관없다. 이면의 흔적이 드러나도 상관없다. 그로 인해 유럽의 드래곤들과 미국의 피닉스 등 세계의 신들이 압박을 하여도 무시

한다. 빠르게 주변을 흡수하여, 힘을 집중시켜 한국을 친다. 그렇게 박현의 꼬리를 잡아 우리의 복수를 마무리한다."

비희가 형제들을 쳐다보며 말했다.

"빠르게 움직여라. 이제부터 시간과의 싸움이다."

비희가 오른손을 가슴에 올렸다.

"아버지의 복수를 위하여."

"복수를 위하여."

"복수를 위하여."

"복수를 위하여."

용생구자의 복수심이 다시 하나로 모였다.

그게 설령 중국을 멸망의 길로 몰아가더라도 그들은 상관이 없었다.

그들에게 가장 중요한 것은 복수였으니까.

그렇게 세상은 중국으로 인해 시끄러워졌다.

＊　　　＊　　　＊

일본 장지문으로 둘러싸인 자그만 방.

폐안이 상석에 앉자.

"의장[議長, 기쵸]."

그의 좌우를 차지한 시사와 호야우 카무이가 허리를 깊게 숙였다.

"의장께서 착석하셨다."

드르륵—

인사를 올린 시사의 말에 왼쪽 장지문이 열렸다.

"의장!"

"인사 올립니다."

노인 둘이 폐안에게 인사를 올렸다.

외부적으로는 정계에서 은퇴한 정치인들었지만, 여전히 일본 정계를 뒤에서 조정하는 노괴들이었다.

그 뒤로 일본 정부 내각 실권자인 두 중년인이 노괴들을 따라 허리를 숙여 예를 표했다.

드르륵—

그리고 반대편 장지문이 열렸다.

"의장께 인사를 올립니다."

"영광이옵니다."

노인 셋이 청년 못지않게 절도 있게 허리를 숙였다.

일본을 대표하는 기업의 회장들이었다.

정계와 재계의 인사가 끝나자.

짝!

호야우 카무이가 손뼉을 가볍게 쳤다.

드르르륵!

시사와 호야우 카무이 뒤에 있던 장지문이 열렸다.

장지문이 하나가 아니었다.

마치 도미노가 쓰러지듯 열린 장지문만 언뜻 예닐곱 개.

장지문 사이사이마다 야쿠자들이 정자세로 앉아 있었다.

"의장!"

"의장!"

"의장!"

"의장!"

"의장!"

그들은 일제히 허리를 숙였다.

"일본의 새로운 태양이 되어주십시오."

그리고 마지막으로 시사와 호야우 카무이의 선창에.

"일본의 새로운 태양이 되어주십시오."

"일본의 새로운 태양이 되어주십시오."

"일본의 새로운 태양이 되어주십시오."

정계의 노괴들과 기업의 회장들, 그리고 야쿠자들이 허리를 숙여 한 목소리로 외쳤다.

탁.

폐안은 일본식 부채로 무릎을 탁 쳐 이목을 집중시켰다.

"오늘부로 일본회의는 새롭게 태어난다."

그리고는 일본 정계의 노괴들을 쳐다보았다.

"한반도를 다시금 복속시켜, 대륙 진출을 위한 발판을 다져야 하지 않겠는가?"

"지당하신 말씀이십니다."

"그렇다면 일단 전쟁이 먼저겠지?"

"하이!"

"한국 정치 단체에 지령을 내려라. 북한을 자극하라고."

"하이!"

노괴들을 허리를 숙여 복명했다.

"동시에 한국의 경제를 흔들어라."

"반도체가 좋을 듯싶습니다."

반대편에서 목소리가 흘러나왔다.

"반도체?"

일본 대기업 회장이었다.

"한국의 반도체 세계 점유율은 80%에 육박합니다. 하지만."

대기업 회장이 입꼬리를 말아올렸다.

"핵심 소재 3가지는 바로 우리, 대일본제국의 것입니다."

"그러하면?"

재계의 노괴가 눈을 번뜩였다.

"수출을 멈추면 한국의 경제가 무너질 겁니다."

"그 부분도 조선의 신문사에게 전하면 되겠군."

재계의 노괴가 고개를 주억였다.

탁.

폐안은 가볍게 부채를 두들겨 대화를 끊었다.

"민(民)의 부분은 알아서 논의하라."

"하이!"

"하이!"

"하지만, 확실하게 한국의 숨통을 죄어야 할 것이야. 알았나?"

"하이!"

"하이!"

드르르륵— 탁!

폐안이 손짓을 하지, 좌우 장지문이 닫혔다.

이제 민이 빠지고, 남은 건 야쿠자인 동시에 이면이었다.

"시사."

"예, 의장."

"카무이."

"하명하시옵소서."

"시간이 되었다. 야마구치구미를 친다."

그 명에 시사와 호야우 카무이의 눈빛이 번뜩였다.

"길은 초도가 낼 것이다."

*   *   *

중국은 마치 꼬랑지에 불이 붙어 날뛰는 소와 같았다.

용생구자의 광기가 고스란히 공산당으로 내려갔다.

중국몽(中國夢).

가히 얼마나 아름다운 말인가.

특히 포뢰의 신임을 얻어 영구집권을 노리는 국가주석은 중국몽을 등에 업고 날뛰기 시작했다.

그 시작은 홍콩과 대만이었지만, 그 끝은 남중국해로의 확장과 인도와의 충돌이었다.

*   *   *

대만 타이페이.

총통부.
어느 밀실.

아그작.
비스켓 하나가 피닉스의 입으로 사라졌다.
"호오―."
피닉스는 다시 비스켓을 들며 감탄사를 내뱉었다.
"이거 맛있는데."
피닉스의 말에 남주 팽천악이 어색한 웃음을 지었다.
그러면서 레드를 흘깃 쳐다보았다.
"달링?"
그 눈빛에 레드는 한숨을 쉬며 피닉스를 불렀다.
"왜?"
"그만 좀 먹고, 건실한 대화를 좀 나누지?"
"대화? 그래, 해."
피닉스는 다시 비스켓을 집어들어 입으로 가져갔다.
파삭!
비스켓이 부서졌다.
피닉스가 한 입 깨물어서가 아니었다.

말 그대로 그냥 부서졌다.

홀로.

"응?"

피닉스는 부서져 내리는 비스켓을 보며 눈을 동그랗게 떴다.

콰직!

동시에 비스켓이 놓여 있는 탁자가 압축 프레스에 짓눌린 듯 짜부라졌다.

"뭐야?"

피닉스가 눈에 쌍심지를 켰다.

"먹는 건 나중에 먹자."

박현.

"야! 너!"

"먹는 건 나중에."

피닉스는 박현의 냉정한 목소리에 혀를 나직하게 찼다.

"적당히 하자. 나 화나면 무섭다."

피닉스가 경고를 날렸다.

그러거나 말거나.

"피닉스 님."

팽천악이 다시 피닉스를 조심스럽게 불렀다.

똑똑.

그때 문기척이 들렸다.

"왔나 보군."

피닉스가 손가락을 튕기자 굳게 닫혀 있던 문이 열렸다. 그 앞에 정장 차림의 사내가 서 있었다.

'흠.'

박현은 사내에게서 느껴지는 묘한 기운을 읽었다.

"우리 미합중국의 자랑스런 SP부대 연대장."

그는 피닉스 앞으로 다가와 절도 있게 경례를 올렸다.

"SP?"

박현이 물었다.

"슈퍼내츄럴 파워스(supernatural powers), 일명 초능력."

"그렇군."

박현은 그제야 묘한 느낌의 정체를 알 수 있었다.

"정말 대만에서 손 뗄 거야?"

피닉스가 물었다.

"아쉽게도 본인은 몸이 하나라서."

"에이, 쯧. 귀찮게."

피닉스가 짜증 난다는 듯 혀를 찼다.

"그러면 일본을 진정시키든가."

"그건 미안."

피닉스가 선을 그었다.

"말 잘 듣는 개를 삶아먹을 수는 없잖아."

피닉스가 어깨를 으쓱거렸다.

"그 개가 본인의 뒷목을 노리는데?"

"가끔 사냥개도 스트레스는 풀어야지."

"그러다 죽으면?"

"뭐……."

피닉스는 서늘한 눈으로 박현을 쳐다보았다.

당연히 박현도 차가운 눈빛을 번뜩였다.

"눈치 잘 보는 또 다른 개가 뒤를 잇겠지."

"좋아, 말 잘 듣는 개를 곧 보내지."

박현이 자리에서 일어났다.

"벌써 가려고?"

"네가 목줄을 풀어놓은 사냥개를 삶아야 하니까."

박현은 입꼬리를 말아 올린 뒤 그 자리에서 사라졌다.

"꼭 이래야겠어?"

레드가 싸늘한 목소리로 물었다.

"뭐가?"

피닉스는 뭐가 문제냐는 듯 물었다.

"한국은 너의 오랜 동맹 아니었어?"

"동맹은 무슨."

피닉스가 콧방귀를 뀌었다.

"말 잘 듣던 사냥개가 횡사하더니, 늑대가 그 자리를 차지한 모양이야."

피닉스는 가늘어진 눈으로 레드를 쳐다보았다.

"나와 동등한 존재는 너 외에는 없어."

"흥."

레드가 콧방귀를 뀌었다.

"조심해. 너는 늑대로 보지만, 내가 보기에는 늑대가 아니야."

"흠."

피닉스는 손가락으로 팔걸이를 톡톡 쳤다.

"허니."

피닉스는 갑자기 목소리를 나긋나긋하게 바꿨다.

"왜?"

"홍콩하고 마카오. 내가 줄게."

"흥."

레드는 콧방귀를 뀌었다.

"진짜 이럴 거야?"

"글쎄. 앞으로의 일은 모르지. 동맹이 될지, 아닐지는."

피닉스는 박현이 사라진 곳을 잠시 노려보았다.

"좋아!"

잠시 후, 피닉스는 손뼉을 쳤다.

"일단 멋모르고 날뛰는 중국부터 혼을 내주자고."

피닉스는 씨익 웃었다.

*용어

1) 추이(酋耳): 주나라 '일주서'에 나오는 요괴로, 호랑이처럼 생겼으나 꼬리가 더 길며 호랑이를 잡아먹는다, 라고 서술되어 있다. 산해경에 추오라는 요괴가 등장하는데, 형태는 비슷하나 다른 동물이다.

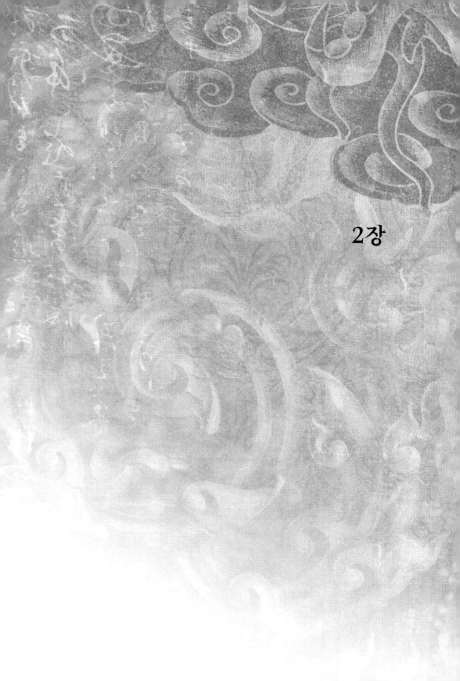

2장

"잘 지냈는가?"

용왕 문무.

"쓸데없이 바삐 움직일 따름이죠."

"쓸데없기는."

박현은 용궁에서 용왕문무와 마주했다.

"쌍화차이옵니다."

서 상선이 둘 사이에 놓인 다과상에 은은한 약재향이 나는 쌍화차를 내려놓았다.

박현은 그런 서 상선에게 눈인사로 감사를 전하며 찻잔을 들었다.

"무슨 일입니까?"

박현은 쌍화차를 들며 물었다.

사실 용왕문무와의 사이는 좀 애매했다.

데면데면한 사이라고나 할까?

한 땅에 두 명의 태양은 있을 수 없겠지만, 용케 둘은 마치 해와 달처럼 적당히 눈치껏 서로의 영역을 인정하고 그곳으로는 눈길조차 주지 않았다.

그도 그럴 것이.

박현에게 있어 용왕문무는 할아버지의 친우였으며.

용왕문무에게 있어 그는 고대부터 이 땅을 지켜온 삼족오의 후손이었기 때문이었다.

어쨌든.

둘은 서로 안 보는 게 가장 좋은 사이였다.

하지만, 세상사가 어디 뜻대로 되는가.

인연이 있으면 원하지 않아도 만나게 되는 법.

"조금 전에 청와대에서 다녀갔네."

"청와대?"

박현은 고개를 갸웃거렸다.

"자네는 TV를 안 보는가? 여전히 인간들 틈에서 살기에 관심이 많은 줄 알았는데, 아니었던 모양이군."

"요즘 한가하지 않죠."

"하긴. 방금까지도 대만에 있었다고 했지?"

용왕 문무의 물음에 박현은 고개를 끄덕였다.

"흠."

용왕 문무는 침음을 내뱉으며 박현을 쳐다보았다.

"그곳에서 피닉스를 만났겠고."

그 말에 박현의 눈빛이 번뜩였다.

"일단 다시 돌아가서."

용왕 문무도 찻잔을 내려놓으며 박현을 쳐다보았다.

"청와대가 찾아온 이유는 둘일세."

"둘?"

"첫째. 일본이 한국을 향해 선전포고를 했어."

"선전포고?"

박현은 순간 황당하다는 듯 되물었다.

"물론 군사적 선전포고는 아니야. 경제지. 경제."

"……?"

좋든 싫든, 한국은 일본과 산업 부분에서 마치 그물처럼 상당히 많은 부분이 얽혀 공유되고 있었다.

박현은 등받이에 몸을 기대며 용왕 문무의 말에 집중했다.

"북한을 이유로 대지만, 어쨌든 반도체 산업의 주요 소재 수출을 금지시켰어. 일종의 길들이기지."

"흠."

박현은 팔짱을 꼈다.

"폐안이군요."

그 말에 용왕문무가 고개를 끄덕였다.

"안 그래도 요즘, 폐안의 양팔인 시사와 호야우 카무이가 일본의 정재계와 회동을 갖는 게 잦다 하더군."

아마 정보의 출처는 검계일 듯싶다.

현재 검계는 재일 출신을 위주로 고베 야마구치구미를 이끌어나가고 있었다.

"타격이 크답니까?"

박현이 물었다.

"제법. 하지만 극복 가능할 거라 하더군. 민간의 일은 민간이 알아서 잘 해결하겠지."

냉정하지만 맞는 말이었다.

"그걸 이야기하자고 오라고 한 건 아닐세."

용왕 문무는 찻잔을 들었다.

"마시지. 따뜻할 때 마시는 게 맛이 좋아."

둘은 쌍화차를 마시며 대화를 한 박자 늦췄다.

"맛이 좋군요."

그렇게 둘은 잠시 대화를 멈추고 차를 즐겼다.

그리고 찻잔이 빌 때쯤.

"분위기가 심상찮아서 불렀네."

박현도 거의 다 마신 찻잔을 내려놓으며 다시 용왕 문무를 쳐다보았다.

"암전입니까?"

현재 용왕 문무와 용궁이 가장 신경 쓰는 게 바로 암전이었다.

이제껏 동아시아 암전을 용생구자가 관리해왔었다.

삼국이 따로인 듯 관리되었지만, 하나처럼 관리가 되었었다.

"중국과 일본 쪽 분위기가 심상찮아."

"……."

"일단 초도가 파놓은 뒷길을 모두 폐쇄하기는 했는데, 워낙 거미줄처럼 쳐놔서 아직까지 파악하지 못한 곳도 많네. 그리고 그런 곳을 통해 정보가 새는 것 같아."

박현은 조용히 그 말을 경청했다.

"쓸데없는 말을 꺼냈군."

용왕 문무는 어색한 웃음을 지었다.

암전은 어디까지나 용왕 문무의 일, 박현의 것이 아니었다.

"어쨌든 하고자 하는 말은, 일본 쪽을 정리해달라는 것일세. 아무리 나라 해도 중국과 일본 쪽에서 동시에 들어오면 감당하기 힘드니까."

"그러지요."

"물론 못한다는 건 아닐세."

농인지 아닌지 모를 애매한 농담.

박현의 눈동자가 살짝 커졌다.

"한 손으로 열 물 길 못 막는다고 했어. 막을 수 있는 건 막아야지. 안 그런가?"

"안 그래도 슬슬 일본 쪽 일을 정리하려 했습니다."

용왕 문무는 고개를 끄덕일 뿐 딱히 고맙다는 말은 하지 않았다.

"그리고."

부른 이유가 또 있는 모양이었다.

"백택에게서 연락이 왔네."

"백택?"

"조만간 북한 지도부와 미국 지도부가 비밀 회담을 한다는군."

순간 박현의 눈매가 가늘어졌다.

"몰랐던 눈치로군."

박현은 대답하지 않았다.

"방금까지 대만에 있다 왔지? 당연히 피닉스를 만났을 것이고."

용왕 문무는 입을 잠시 닫으며 뜸을 들였다.

"너무 믿지 마시게."

그리고 말했다.

"알아서 잘 하겠지만."

용왕 문무는 특별한 감정의 변화를 보이지 않는 박현을 잠시 바라보다가 말을 이어갔다.

"특별한 일이 있으면 서 상선을 통해 전달하도록 하겠네."

"알겠습니다."

박현은 그 말을 끝으로 식은 쌍화차를 한 입에 털어넣었다. 그리고 찻물에 불어터진 잣을 꼭꼭 씹어 삼켰다.

*　　　*　　　*

'이 새끼.'

박현은 피닉스를 떠올리며 하얀 이를 드러냈다.

일본을 건너가기 전에, 박현은 북으로 발걸음을 옮겼다.

오래된 초막.

해태가 살던 곳, 평상에 박현과 백택이 함께 자리하고 있었다.

"미국에서 연락이 왔다구요?"

"미리 말씀을 드리지 못해 죄송합니다."

백택이 머리 숙여 사과했다.

"하긴 보고할 시간도 없었겠죠."

"그래서 준비했습니다."

백택이 자그만 아날로그 폰을 꺼냈다.

"북쪽 전용 폰입니다. 해외 로밍도 걸어놨으니 편하게 연락을 주고받을 수 있을 겁니다."

박현은 그 폰을 짧게 살핀 후 아공간에 넣었다.

"오늘 아침 미국에서 연락이……."

아침이면 대만에서 피닉스를 만나기 전이었다.

아니면 만나고 있을 때일 수도.

'그런데 아무런 말이 없었다.'

"……."

박현이 아무런 반응 없이 생각에 잠긴 모습을 보이자 백택은 조용히 입을 닫았다.

"……?"

들려야 할 보고가 없자 박현은 상념에서 벗어나 백택을 쳐다보았다.

그리고 눈이 마주치자 백택은 다시 말을 이어갔다.

"……그들이 원하는 건 평화 모드, 혹은 제스쳐입니다."

여러 가지 이유가 있을 것이다.

일단 현 미국 대통령의 부탁일 수도 있겠고, 아니면 현재 상황처럼 중국 압박용일 수도 있을 것이고, 한국과 일본 길들이기일 수도 있다.

'아마도 그 모두 다겠지.'

박현은 입꼬리를 슬쩍 말아올렸다.

"백택님."

"예, 성주."

"적당히 맞장구 쳐주다가, 깽판 치세요."

"……?"

순간 이해를 못 한 듯 백택이 박현을 쳐다보았다.

"뭐 처음부터 어깃장을 부려도 좋고요."

박현은 순간 뭐가 떠오른 듯, 비릿한 미소를 지었다.

"대화 전에."

"……?"

"핵미사일 한 방 쏘세요. 예를 들면 괌을 향해서라든가."

"예?"

백택은 놀라 그만 목소리가 높아졌다.

"죄송합니다."

백택은 곧바로 사과했다.

"이유를 물어봐도 되겠습니까?"

자신이 아는 박현은 상당히 냉철했다. 그런 이가 동맹인 피닉스를 자극한다면 필시 그만한 이유가 있을 터.

"본인이 만만한 모양이야. 앞과 뒤가 너무 달라서 말입니다. 해서 본인도 앞과 뒤를 조금 다르게 놀아볼 참입니다."

그러기에는 은둔의 독재국가 북한이 딱이었다.

"알겠습니다."

"어떻게?"

"대화도 잘 들어주고, 협의도 잘하면서 한 번씩 핵미사일 한 번씩 쏘고, 중국도 찾아가겠습니다."

백택의 말에 박현의 입가에 미소가 지어졌다.

*　　　*　　　*

"응?"

느긋하게 일어나 브런치를 먹고 있던 피닉스는 눈을 동그랗게 떴다.

"뭐라고 했지?"

CIA 산하 대만 파견 PP팀 팀장으로부터 보고를 받으며 들고 있던 포크와 나이프를 접시에 던졌다.

"오전 8시, 북한에서 태평양을 향해 핵미사일 1기를 발사했습니다."

"왜?"

피닉스가 물었다.

"현재 파악 중입니다."

"오늘 오전 10시부터 회담을 갖는 게 아니었나?"

"맞습니다."

"그런데 왜?"

피닉스가 다시 물었다.

"최대한 빨리 파악하겠습니다."

PP팀 팀장은 서둘러 대답하며 밖으로 나갔다.

"뭘 아침부터 화를 내고 그래?"

피닉스 뒤로 레드가 다가와 끌어안았다.

"화? 화 안 냈는데."

"너는 안 냈다 싶어도, 듣는 이가 그렇게 느끼면 화낸 거야."

레드의 현명하기 이를 데 없는 말에 피닉스는 그녀의 팔을 툭 쳐 풀며 어이없다는 듯 그녀를 쳐다보았다.

"아주 좋은 말이기는 한데……."

"왜, 나한테 들으니 좀 거시기해?"

"어."

"흥."

빠른 피닉스의 대답에 레드는 그녀 특유의 도도한 표정을 지으며 콧방귀를 뀌었다. 그리고는 우아하게 그의 앞으로 걸어가 맞은편 의자에 앉았다.

끼긱— 끼기긱!

우아하게 포크와 나이프를 든 레드는 조금은 경박하게 팬케이크를 썰었다.

"조용히 먹자."

접시를 긁는 나이프 소리에 피닉스가 레드를 쏘아붙였다.

그 소리에 나이프가 툭 멈췄다.

"뭐?"

레드가 신경질적으로 물었다.

"조용히 먹자고."

피닉스는 짜증 아닌 짜증을 부렸다.

와장창창창!

그러자 레드는 포크와 나이프를 접시에 던졌다.

"야!"

레드가 피닉스를 향해 소리쳤다.

"일은 네가 벌이고 왜 나한테 짜증이야? 어?"

그리고는 화를 버럭 냈다.

"뭐가?"

"뭐가? 와— 이 씨."

레드는 어이없다는 듯 눈을 부라렸다.

"내가 분명히 경고했었지. 삼족오 신경 살살 건드리면 그만큼 돌아올 거라고. 그러니까 잘 생각하고 움직이라고. 그랬어? 안 그랬어?"

"쯧."

레드가 쏘아붙이자 피닉스는 재미없다는 듯 혀를 찼다.

"뭐? 뭐라고 하는 거야?"

레드가 소리 없이 입을 벙긋벙긋거리자 피닉스가 짜증을 내며 물었다.

그러자 레드는 씨익 웃으며 한 글자 한 글자 씹듯 내뱉었다.

"자! 업! 자! 득!"

"야! 허니!"

피닉스가 신경질적으로 자리를 박차고 일어났다.

"호호호호. 아주 박력 있었어."

레드는 접시 위에서 굴러다니는 나이프를 들어 피닉스를 향해 콕 찍었다.

"명심해, 달링."

레드가 눈을 시퍼렇게 떴다.

"홍콩하고 마카오는 내 거야. 무슨 짓을 하는 건 상관없는데, 그 둘은 무조건 내 앞에 가져다 놔."

식사를 마친 레드가 샤워를 하러 간 사이.

"흠."

피닉스는 아메리카노를 마시며 차가운 눈빛을 띠었다.

'박현.'

피닉스는 눈매를 가늘게 만들었다.

'생각보다 만만찮아.'

히죽, 웃음이 났다.

'재미있어.'

"웃어?"

그때 레드의 날카로운 목소리가 흘러나왔다.

샤워를 마치고 나온 레드가 허리에 양손을 바싹 얹은 채 노려보고 있었다.

"하하, 하하."

피닉스는 식은땀 한 방울을 흘리며 그 자리를 떴다.

*　　　*　　　*

간판 없는 어느 초밥집.

지하 1층인 데다가, 구석진 곳에 있어 일반인은 절대 찾지 못할 그런 식당이었다.

좌석도 여섯 명 정도 들어서면 꽉 찰 정도로 작은 곳이기도 했다.

그곳에 세 명의 사내와 한 여인이 자리하고 있었다.

상석에 박현.

그리고 야마구치구미의 이리에 타다시, 그리고 고베 야마구치구미의 기쿠치 료스케, 마지막으로 구미호 고미호였다.

화이트 와인이 나오고, 코스처럼 초밥이 한 점씩 나왔다.

"현재 상황이 많이 안 좋습니다."

이리에 타다시.

박현은 그런 이리에 타다시를 빤히 쳐다보았다.

"괜찮습니다. 비록 초밥 요리사로 있지만, 우리의 피가 흐르고 있습니다. 물론 아는 사람은 극히 적지만."

이리에 타다시의 말에 초밥을 만들던 요리사가 고개를 숙였다.

"어쨌든, 류오코 쪽에서 귀찮을 정도로 건드리고 있습니다."

"흠."

박현은 잔에 담긴 화이트 와인을 살짝 흔들어 향을 깨우며 이리에 타다시의 말에 집중했다.

"내부에서 조금씩 불만이 쌓이고 있습니다."

"항쟁이 부담스러운가?"

그 물음에 이리에 타다시는 고개를 저었다.

"부담스럽지 않습니다."

"경찰 쪽에서 매섭게 감시하고 있습니다."

기쿠치 료스케가 이리에 타다시의 말을 이어받았다.

"대항하는 순간, 경찰 쪽에서 치고 나오겠군."

"뻔한 함정이니 일단 참을 수밖에요."

불만이 많이 쌓인 모양인지, 기쿠치 료스케의 목소리도 그리 곱지 않았다.

"그래서?"

"심사숙고 중에 있습니다."

박현은 고민에 빠지며 화이트 와인을 한 모금 마셨다.

"붙는 순간, 경찰들이 야마구치구미만 치겠군."

"스미요시카이나 이나가와카이 쪽에서도 어느 정도 희생양을 만들겠지만, 쭉정이들일 것입니다."

"결국 정계 쪽이겠지?"

"주도하고 있는 곳은 일본회의입니다."

"결국 시선을 다른 곳으로 돌려야 하는데."

"이때 거대한 지진이나 태풍이라도 확 왔으면."

이리에 타다시의 중얼거림.

그 말에 박현의 눈동자가 반짝였다.

"태풍이나 지진?"

박현의 눈매가 가늘어졌다.

"잠깐."

박현은 전화기를 꺼냈다.

*　　　*　　　*

"폐하."

서 상선이 공손히 휴대폰을 용왕 문무에게 올렸다.

"누군가?"

"박현 님이시옵니다."

용왕 문무는 고개를 갸웃거리며 전화를 받았다.

"무슨 일인가?"

《혹시 태풍이나 해일 일으킬 수 있습니까?》

"태풍이나 해일?"

《예.》

"아무리 짐이라도 자연의 규칙을 벗어날 정도로 거대한 태풍이나 해일은 어렵네."

《그 말씀은, 만들어진 태풍을 인위적으로 더 키울 수는 있다는 말씀이군요.》

"그 정도는 가능하지. 태풍을 키우거나 약화시키거나. 그런데 왜 갑자기……."

말을 하던 용왕 문무의 눈빛이 가라앉았다.

"상대가 일본인가?"

《한창 태풍이 많이 발생할 시기죠? 지금이.》

"끄응."

용왕 문무는 소리 죽여 앓는 소리를 삼켰다.

"나라도 그게 쉬운 게 아닐세. 자네가 원하는 건 한 나라가 물에 잠길 정도일 텐데……."

《할 수 있다는 말씀으로 들립니다.》

"할 수는 있지. 그러나 그 정도면 족히 반년은 운신도 못 할 정도로 쇠약해지지."

《반년이라.》

박현의 중얼거림이 들려왔다.

《부탁드립니다.》

"……!"

《그 시간, 제가 무슨 일이 있어도 그 자리를 지키겠습니다.》

"휴우—."

용왕 문무는 한숨을 내쉬었다.

"오게. 통화로 할 말이 아니군."

용왕 문무는 일방적으로 전화를 끊었다.

"상선."

"예, 폐하."

"신구보고 잠시 들리라 전하라."

"예, 폐하."

서 상선이 종종걸음으로 물러났다.

박현이 무턱대고 부탁한 것은 아닐 것이다.

애초에 그럴 이도 아니거니와.

"일본, 일본이라."

용왕 문무는 고심에 잠겼다.

　　　　*　　　　*　　　　*

　탁.

　박현은 전화를 끊으며 자리에서 일어났다.

　"방법이 생긴 거 같다."

　박현은 이리에 타다시와 기쿠치 료스케, 그리고 고미호를 보며 씨익 웃었다.

　팟!

　그리고는 그 자리에서 사라졌다.

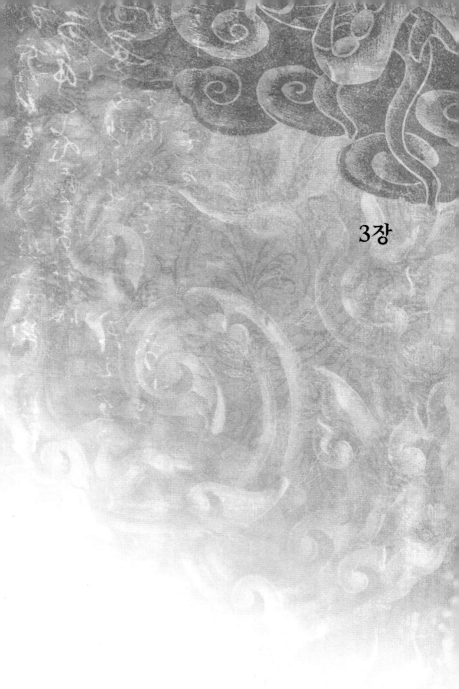

3장

　"그러니까, 폐안이 일본의 정재계를 끌어안았다 이 말인
가?"

　용왕 문무가 미간을 찌푸리며 물었다.

　"일본회의라고, 오래된 일본 모임인 듯한데 그걸 이번에
끌어안은 모양입니다."

　"끌어안은 것도 있지만, 먼저 무릎을 꿇은 것일지도 모
르지."

　"음."

　"일본의 신들이 죽고 어지간히 불안했던 모양이군."

　용왕 문무는 박현을 일견하며 고개를 끄덕였다.

"어쨌든."

전후 사정을 들은 용왕 문무는 다시 본론으로 돌아왔다.

"그래서 그런 부탁을 했었군."

"예."

"허허. 이거 참."

용왕 문무는 손바닥으로 무릎을 탁 치며 장탄식을 내뱉었다.

용왕 문무는 바다에서 태어난 신이었다.

그러니 물의 힘을 이용해 태풍의 세기나 경로를 조절할 수 있다.

애초부터 일본이 태풍의 피해가 많은 것이, 한반도의 방패막이가 된 것도 있지만, 그보다는 용왕 문무의 힘이 더 컸다.

한반도로 오는 태풍의 방향을 일본 쪽으로 틀거나, 그렇지 못한 경우에는 그 힘을 약화시켰다.

하지만 그가 아무리 신이라고 해도, 전지전능하지는 못한 현세의 신이었다.

당연히 연달아오는 태풍은 놓칠 수밖에 없었고, 그게 한반도의 태풍 피해의 숨겨진 진실이었다.

"어쨌든 자네가 원하는 대로 할 수 있어. 하지만 그로 인해 생기는 공백이 너무 커."

용왕 문무는 한 번의 힘으로 일본에 어마어마한 피해를 입힐 수 있지만, 그렇게 되면 힘의 공백이 발생해 한반도로 오는 태풍을 막을 수 없었다.

"흠."

그건 생각해보지 못한 부분이었다.

박현은 팔짱을 꼈다.

"방법이 없겠습니까?"

박현이 용왕 문무를 바라보며 물었다.

"방법이라."

용왕 문무도 고심에 잠기는 모습이었다.

"폐하."

그때 서 상선의 목소리가 들려왔다.

"무슨 일이냐?"

"신구가 알현을 청하나이다."

"들라 하라."

"예이."

서 상선의 말이 끝나고 용왕 문무의 총애를 받는 신구가 안으로 들어왔다.

그는 정중하게 박현에게 인사를 한 후 자리에 앉았다.

"늦어서 죄송합니다, 폐하."

신구가 자리를 잡고 앉았다.

"아니야. 그대가 바쁜 건 짐도 아는바."

용왕 문무는 박현에게 양해를 구하고 지금까지 논의했던 일을 간략하게 설명했다.

"음."

신구는 용왕 문무의 말을 들으며 생각에 잠겼다.

잠시 후.

"도박 한번 해보시렵니까?"

생각에서 깨어난 신구가 조용히 입을 열었다.

신구의 눈빛은 냉철하게 빛나고 있었다.

"어떤 도박인지 듣고 싶군요."

"말해 보라."

"요즘은 슈퍼 컴퓨터로 기상 예측이 가능합니다."

"그렇지."

"폐하께서 그중 대형급으로 성장할 태풍을 발생 시점에 힘을 넣어 초대형급으로 바꾸고, 진로를 바꾸는 겁니다."

"해보지는 않았지만, 그 정도면."

"대략 한 달에서 한 달 반 정도 공백이 생길 듯합니다."

신구의 말에 용왕 문무가 곰곰이 따져본 후 고개를 끄덕였다.

　"하지만 그 정도는 약해. 박현이 원하는 건 그 이상이야."

　"그때 소신이 지진을 일으켜 해일을 만들겠습니다."

　"자네!"

　용왕 문무의 눈이 부릅떠졌다.

　그렇게 되면 자신뿐만 아니라 암전에도 공백이 생긴다.

　"공백은 어쩔 참이십니까?"

　박현이 물었다.

　"백택 님이 임시로 암전을 맡으면 됩니다."

　"북성은?"

　"북성은 일본에 파견되어 있는 삼두일족응을 다시 북으로 불러오면 어느 정도 수습이 될 것 같사옵니다."

　그 말에 박현은 머릿속으로 시뮬레이션을 돌려보았다.

　생각보다 나쁘지 않았다.

　단 한 군데, 암전을 빼고.

　"암전이 걸리는군요."

　현재 용궁에서 가장 심혈을 기울이는 게 바로 암전이었다.

　암전이 뚫리는 순간, 한반도는 신들의 전장이 된다.

"큼."

박현의 말에 신구가 헛기침을 삼켰다.

"암전에 불가사리가 합류했습니다."

"불가사리면."

"봉황궁 시절 장로였던."

"아아—."

박현은 곧바로 불가사리를 떠올렸다.

한반도를 떠나 중국을 떠돌며 고생한 걸로 아는데, 다시 한반도로 돌아와 암전에 정착한 모양이었다.

"그가 백택 님을 보좌하면 그럭저럭 방어가 될 겁니다."

"그렇군요."

박현은 고개를 끄덕였다.

신구의 말을 들어보면 불가사리가 암전에 합류한 지 제법 된 모양이었다.

백택이 든든하게 중심을 잡고, 불가사리가 보좌하면 생각보다 큰 구멍은 없어 보였다.

여차하면 자신이 도와주면 되고.

"좋아 보입니다."

"박현 님."

신구가 진중한 목소리로 박현을 불렀다.

"박현 님께서 반드시 하셔야 할 일이 있습니다."

"말씀하시지요."

"이 기회에 반드시 폐안을 죽이셔야 합니다."

신구의 말에 박현이 하얀 이를 드러냈다.

"안 그래도 그럴 참입니다."

＊　　　＊　　　＊

8월 초, 어느 날.

♪ ～ ♩ ♪ ～ ♩ ♫ ～

한 통의 전화가 왔다.

"예."

《접니다.》

신구.

《때가 온 것 같습니다.》

그 말에 박현의 눈빛이 반짝였다.

《현재 북서태평양에서 태풍 하나가 발생했습니다.》

"……."

《동북 3국이 긴장할 정도로 초대형 태풍으로 커질 거라 예상되는 놈입니다.》

기다리던 태풍이 만들어진 모양이었다.

《폐하께서 그 태풍을 작정하고 키우실 겁니다. 최대한 일본을 관통시키시려 합니다.》

드디어!

《태풍이 일본 본토에 상륙할 때쯤, 해저에서 지진을 일으킬 겁니다.》

"잘 부탁드리겠습니다."

박현은 정중하게 부탁했다.

《……부디.》

"……?"

《아니, 반드시 폐안의 목을 취하십시오.》

부탁이 부탁으로 돌아왔다.

"반드시 그리할 겁니다."

《그럼.》

뚜— 뚜— 뚜— 뚜—

신구는 무뚝뚝할 정도로 할 말만 마치고 전화를 끊었다.

하긴 친해질 수 없는 사이였으니, 당연한 일이기도 했다.

어찌 되었든.

때가 왔다.

분노를 꾹꾹 눌러가며 기다렸던, 바로 그때가.

박현이 주먹을 꽉 쥐었다.

＊　　　＊　　　＊

"……."

양반 다리를 한 이리에 타다시는 팔짱을 낀 채 눈을 감고 있었다.

"젠장."

그 앞에 앉아 있던 기쿠치 료스케가 주먹으로 탁자를 탕 치며 이를 벅벅 갈았다.

"형님."

기쿠치 료스케가 이리에 타다시를 불렀다.

"참아라."

"하지만……."

"참아."

이리에 타다시는 눈을 뜨며 말했다.

"끄응."

핏발이 선 이리에 타다시의 눈을 본 기쿠치 료스케는 앓는 소리를 애써 목구멍 안으로 집어삼켜야 했다.

현재 야마구치구미와 고베야마구치구미는 일방적으로 스미요시카이와 이나가와카이에 두들겨 맞고 있었다.

그렇기에 야마구치구미와 고베 야마구치구미는 이를 악문 채 최대한 웅크리고 버티고 있었다.

하지만 아무리 웅크리고 버틴다고 해도, 가랑비에 옷이 젖듯 그 피해가 상당히 심각해지고 있었다.

당연히 말단 조직원들에게서는 불만이 최고치에 달하고 있었다.

♪~♩ ♪~♩ ♫~

그때 전화기 벨 소리가 울렸다.

"예, 전화 받았습니다."

이리에 타다시의 보좌관 히데오가 전화를 받았다.

"예? 옙. 알겠습니다."

히데오가 전화를 끊은 뒤 이리에 타다시와 기쿠치 료스케 앞으로 다가왔다.

"무슨 일이야?"

"카이쵸에게서 연락이 왔습니다."

"카이쵸?"

그들에게 카이쵸는 단 한 명.

박현이었다.

"드디어 때가 왔습니다."

히데오의 말이 끝나기가 무섭게.

"ㅎㅎㅎㅎㅎㅎ!"

이리에 타다시가 살기에 찬 웃음을 마치 울음처럼 내뱉었다.

＊　　　＊　　　＊

망망대해.

박현은 하늘에서 거대한 회오리, 태풍을 내려다보고 있었다.

장마가 시작된 늦여름 어느 날.

한중일, 삼국이 동시에 긴장을 하기 시작했다.

그 이유는 단 하나.

태풍.

북서태평양에서 태풍이 하나 발생했는데, 해수의 이상고온으로 그 크기가 심상치 않았다.

거기에 진로 또한 일정하지 않았다.

그런 태풍이 상륙하는 순간, 엄청난 피해가 발생할 것은
자명했다.

"자네의 힘은 태양이라고 했지? 그렇다면 태풍
주변으로 강렬한 빛을 쬐어 해수면 온도를 높여줄
수 있겠는가?"

용왕 문무의 부탁 아닌 부탁.
해수가 따뜻하면 따뜻할수록, 해수 수증기 증발량이 는
다. 수증기를 많이 먹으면 먹을수록 태풍은 더욱 거대해지
고, 세기가 커지게 된다.
"그럼 왕창 먹여볼까?"
박현은 비릿한 웃음을 지으며 잠자고 있던 힘을 개방했
다

화아아아아아—
마치 바람이 불 듯 그의 기운이 사방으로 뻗어나갔다.
그러자 하늘을 반쯤 가리고 있던 구름들이 빠르게 사라
졌다. 이어서 강렬한 태양이 태풍 주위로 내리쬐기 시작했
다.
쏴아아아아아아—

그러자 눈에 보일 정도로 해수면 위로 아지랑이가 피어올랐다.

피곤하지만, 박현은 아예 작정하고 태풍을 따라 움직이며 끊임없이 태풍에게 수증기를 꾸역꾸역 먹였다.

그러자, 태풍은 기상 관측 이래로 본 적 없는 초대형이란 말도 부족할 정도로 어마어마한 태풍으로 커졌다.

*　　　*　　　*

제주도 남쪽, 공해상.

용왕 문무는 바다 위를 마치 땅처럼 밟고 서 있었다.

오랜만에 한반도를 벗어난 용왕 문무는 저 아래에서 느껴지는 태풍을 느끼며 쓴웃음을 지었다.

"이거 감당할 수 있을지 모르겠군."

모골이 쭈뼛 설 정도로 천천히 다가오는 태풍의 힘은 매섭기 그지없었다.

"후우."

용왕 문무는 긴장감 섞인 숨을 내쉬었다.

태풍의 힘을 깎은 적은 있지만, 키워본 적은 없었다.

하지만 해야 한다.

용왕 문무는 왼쪽으로 고개를 돌려 일본 본토를 흘깃 쳐다본 후, 천천히 바다 아래로 모습을 감췄다.

                    *   *   *

그 시각.

일본 남해.

정확한 명칭은 필리핀 해.

그곳 바다 아래 해저면에 신구가 서 있었다.

"흠."

신구는 고개를 들어 바다 위를 쳐다보았다.

"도대체 얼마나 키운 것인지, 무시무시하군."

신구는 태풍을 느끼며 몸을 부르르 떨었다.

"폐하께서 고생하시겠군."

신구는 피식 웃음을 내뱉었지만, 눈빛만큼은 어느 때보다 서늘하기 짝이 없었다.

                    *   *   *

"12호 태풍은 오전 1시에 초대형 세력으로 발달해서, 일본 남쪽 해상을 1시간에 10킬로미터의 속도로 북서로 전진하고 있습니다. 중심 기압은……."

"오사카의 한 매장. 생수와 컵라면 등 주요 식료품과 생필품 선반은 이미 텅 비었습니다. 창문에 붙일 테이프 등 방재용품을 사들이는 손길도 분주합니다. 기록적인 폭우와 강풍 피해가 우려되면서 긴장감은……."

"내각에서는 태풍의 영향력으로 오사카와 고베 쪽에 비상사태를 발동하고, 태풍 상륙 영향권 내 주민 184만 명에게 피난 지시를 내렸습니다. 그로 인해……."

일본 어느 방송 채널을 틀어도 온통 태풍 이야기였다.

"역대급 태풍이라더니……."

쏴아아아아아—

하늘에 구멍이라도 난 것처럼 하늘에서 비가 퍼붓고 있었다.

아직 태풍이 일본 본토에 상륙하지도 않았지만, 벌써부터 태풍이 몰고 온 소나기로 일본 전역에 물난리가 시작되고 있었다.

"한국의 용왕 문무께서 움직였으니 당연한 일이지."

야마구치구미를 이끄는 이리에 타다시가 말했다.

한국명 이강식.

그는 평범한 일반인들의 피해에 가슴이 아팠지만, 그렇다고 가슴이 저밀 정도로 슬프지는 않았다.

"엄청난 피해가 발생하겠군요."

고베 야마구치구미의 기쿠치 료스케, 한국명 이광도.

그는 오히려 샘통이라는 듯 이죽였다.

"언제 움직일 겁니까?"

기쿠치 료스케가 물었다.

"태풍이 상륙하고 난 후, 곧바로 지진이 온다. 우리는 그때 움직인다."

"알았습니다."

이리에 타다시의 말에 기쿠치 료스케의 눈빛이 싸늘하게 변했다.

*   *   *

쏴아아아아아아—

장대비가 해수면을 마구 두들기고.

콰르르르르— 쏴아아아아!

거대한 파도가 일본을 향해 발톱을 드러냈다.

거인이 느리지만 천천히 나아가는 것처럼, 태풍은 느리

지만 무겁게 사방을 모조리 부술 듯 휘몰아치며 나아가고 있었다.

그 태풍의 걸음 아래.

바닷속은 고요하다 못해 무서울 정도로 적막감이 흐르고 있었다.

떼를 지어 다니는 물고기도, 평화롭게 헤엄치고 있었다.

다만 바다 위에 모든 것을 찢어발기는 태풍이 있다는 걸 아는지, 물고기들은 해수면 근처로 올라가지는 않았다.

어쨌든 고요하고 평화로운 바닷속.

물속에 눈을 감고 조용히 떠 있던 신구가 눈을 떴다.

번쩍!

강렬한 안광이 터지자, 근처에서 신구를 먹잇감으로 보며 노리고 있던 상어 떼가 화들짝 놀라 도망쳤다.

신구는 천천히 고개를 들어 바다 위를 쳐다보았다.

두둑— 두둑—

신구는 목을 꺾어 몸을 풀며 천천히 해저면 아래로 내려갔다.

툭!

신구가 해저면을 밟자, 고운 모래가 먼지처럼 피어났다.

그리고 그는 다시 눈을 감았다.

"크르르르르!"

그가 낮게 울음을 토하며 기운을 끌어올리자, 주변의 물이 부글부글 끓기 시작했다.

화다닥— 픽— 픽!

그에 주변에 있던 심해어들이 놀라 사방으로 도망쳤다.

주변에 생명체가 사라지자 신구는 마치 늪에 발을 담그듯 해저면 아래로 몸을 파묻었다. 그리고 허리까지 몸을 담근 신구는 양손을 들어 해저면을 두들겼다.

쿵!

묵직한 파음이 땅 안으로 스며들었다.

하지만 여전히 고요한 상황.

쿠웅!

신구는 다시금 주먹을 내려찍었다.

고오오오오—

저 아래에서 묘한 울림이 만들어졌다.

"크하아아아악!"

그리고 신구는 거대한 울음을 토하며 주먹으로 해저면을 후려쳤다.

콰아아아아—

바닷물이 울고.

콰르르르르르—

해저면도 울었다.

콰드득! 콰과과과곽!

바닥이 쩍 갈라지며 바다 아래 거대한 지진이 만들어졌다.

　　　　　*　　　　*　　　　*

일본 기상청 소속 지진센터.

"휴우—."

연구원은 한숨을 내쉬며 스마트폰으로 일본 태풍 관련 뉴스를 보고 있었다.

"왜 그렇게 한숨이야?"

동료 연구원이 캔커피를 건네주며 옆에 앉았다.

"아, 땡큐."

연구원은 보고 있던 인터넷 뉴스를 보여주었다.

"옆 센터는 어때?"

"어떻기는 완전 난리지. 어쩌자고 이런 태풍이 온 것인지……."

"그러게, 한국으로 빠지지. 칙쇼!"

그렇게 푸념과 원망을 주고받을 때였다.

삐― 삐― 삐―

지진 감지 시스템에서 긴급한 알람이 울렸다.

"응?"

캔커피로 쓴 입맛을 달래던 연구원은 서둘러 모니터로 달려갔다.

달그랑 탕탕탕―

캔커피가 바닥을 나뒹굴었지만, 두 연구원은 눈길조차 주지 않고 모니터를 살폈다.

고베 아래, 해저.

길이 750Km에 이르는 난카이 해구에서 지진이 일어난 것이었다.

규모만 9.0.

2천년대 초반에 발생한 동일본 대지진과 비슷하거나 좀 더 강한 세기였다.

"마, 맙소사!"

"저, 정녕 하늘은 일본을 버린 것이란 말인가?"

*　　　*　　　*

"당했군."

폐안은 하늘을 올려다보며 쓴웃음을 지었다.

태풍에 이어 지진까지.
일본 동부는 완전히 초토화가 되었다.
그리고 그건 자연이 만들어낸 재해가 아니었다.
폐안도 선명하게 느껴질 만큼 신력이 담겨 있었다.
아니나 다를까.

하늘 위에서 박현이 자신을 내려다보고 있었다.

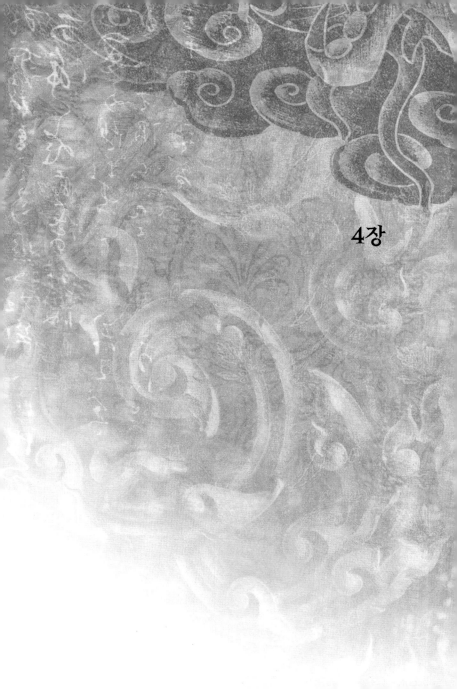

4장

초대형 태풍이 일본 본토에 상륙하며 무자비하게 할퀼 때, 엎친 데 덮친 격이라고 엄청난 규모의 지진이 태풍이 할퀸 상처를 찢어발겼다.

전장의 폐허처럼 변한, 도쿄.

전기마저 끊겨 촛불로 밝힌 실내에 근 오십 명에 달하는 야쿠자 중간 보스들이 2열로 앉아 있었다.

드르륵—

장지문이 열리고, 이리에 타다시와 기쿠치 료스케가 안으로 들어섰다.

그들은 2열이 만든 중간의 길을 걸어 상석에 나란히 앉았다.

　"구미쵸!"

　"구미쵸!"

　"구미쵸!"

　둘이 앉자, 중간 보스들은 바닥에 주먹을 대며 허리를 숙여 인사를 올렸다.

　"굴욕의 시간이었다."

　이리에 타다시.

　"분노를 풀 시간이 되었다."

　기쿠치 료스케가 이리에 타다시의 말을 이어받았다.

　"이제 우리의 시간이다."

　"사냥을 시작하자!"

　이리에 타다시와 기쿠치 료스케가 목소리를 키웠다.

　"요오오오오오!"

　"요우이이이이이!"

　"오라오라오랏!"

　중간 보스들은 특유의 기합을 터트렸다.

　"가라!"

　"가라!"

　두 구미쵸의 명에.

"하잇!"

"하잇!"

"하잇!"

중간 보스들은 바닥에 엎드리듯 허리를 숙이며 복명했다.

일반 사람들은 좀처럼 서 있기도 힘든 돌풍 속에서, 검은 양복을 입은 야쿠자들이 무리 지어 조용히 사방으로 흩어졌다.

* * *

"건투를 빈다."

이리에 타다시는 굳은 표정으로 기쿠치 료스케를 쳐다보았다.

"반드시 호야우 카무이의 목을 따겠습니다."

오히려 기쿠치 료스케는 하얀 이를 드러냈다.

"막걸리 준비했다."

"얼른 끝내고 오겠습니다."

"천천히 와도 돼. 하지만 확실히 하고, 살아서 돌아와. 무덤에 술 뿌리기 싫다."

"하하하하하. 제가 하고 싶은 말입니다."

그리고 그들과 조금 떨어진 곳.

"내 말 안 해도 알지?"

고미호가 홍화에게 단단히 의지를 건넸다.

"알아요, 언니. 앞으로 우리가 살아갈 땅, 확실하게 먹어 삼켜야죠. 호호호호."

홍화는 불여우답게 요염한 웃음을 터트렸다.

"우리가 이 땅의 새로운 신이 되는 거야."

고미호의 말에 홍화가 웃음기를 거두며 진지한 눈으로 고개를 끄덕였다.

서로 인사를 마친 후,

이리에 타다시와 고미호 그리고 꼬리여우 일족과, 기쿠치 료스케와 홍화 그리고 불여우 일족은 반대로 갈라져 각자의 목표를 향했다.

*　　　*　　　*

스미요시카이 본부.

쏴아아아아아—

폐안은 장대비가 몰아치는 후원에 위치한 밀원(密院)에 서서 자그만 연못을 내려다보고 있었다.

거센 물줄기가 연못의 표면을 마구 때렸지만, 그 안에 살고 있는 비단잉어는 여유롭게 헤엄치며 놀고 있었다.

우지끈!

근처 소나무가 돌풍을 이기지 못하고 쓰러졌지만, 연못 안은 여전히 평화로웠다.

"흠."

폐안이 손을 뻗자 근처 잉어 먹이통이 스윽 날아왔다.

익숙한 손으로 뚜껑을 열어 먹이 국자에 사료를 퍼 연못 위로 뿌렸다.

나무가 부러질 정도로 거센 바람이 부는 데도 폐안이 뿌린 먹이는 마치 바람 한 점 없는 날처럼 연못 위로 뿌려졌다.

"많이 먹어라."

폐안은 평소보다 많은 양의 먹이를 뿌렸다.

거기에 신이 난 비단 잉어들이 연못 위로 뻐끔뻐끔 얼굴을 내밀며 열심히 먹이를 먹었다.

탁—

그리고 먹이통 뚜껑을 닫자, 기다렸다는 듯이 바람이 멎었다.

폐안은 고개를 들어 하늘을 쳐다보았다.

억수로 쏟아지는 비가 그의 얼굴을 마구 때렸다.

하지만 그것도 잠시.

이내 빗방울이 약해지는가 싶더니 비가 멈췄다.

세상을 어둡게 만들던 먹구름도 그치며 따사한 햇살이 폐안을 비추었다.

"흠."

폐안은 햇살을 바라보며 묘한 침음을 삼켰다.

하늘에 자그만 구멍이 뻥 나서 그 안으로 햇살이 비추고 있었다.

사방은 태풍에 세상이 뒤집히는데, 이곳, 밀원만큼은 마치 따사한 봄날의 어느 날처럼 싱그러웠다.

하늘을 올려다보는 폐안의 눈매가 가늘어졌다.

맑고 파란 하늘 중앙에 검은 점 하나가 찍혔기 때문이었다.

그리고 그 점은 바로 박현이었다.

씨익— 웃는 박현의 미소가 보였다.

"누군가 하나 죽기 딱 좋은 날씨네."

그 웃음에 맞춰 폐안도 씨익 웃음을 지어 보였다.

　　　　*　　　*　　　*

　스미요시카이, 본채 앞 정원.

　그곳에 시사와 이리에 타다시가 마주 서서 서로를 노려보고 있었다.

　"혼자 올 줄 알았는데."

　시사는 흘깃 지붕 위를 올려다보았다.

　그 위에 고미호가 요염한 자세로 앉아 있었다.

　"야마구치구미는 대대로 여우와 한 몸이었지."

　"고베가 아니고?"

　"고베 역시 야마구치구미지."

　고베 야마구치구미 역시 야마구치구미에게서 갈라져 나온 조직.

　"걱정 마. 나는 둘 싸움에는 나서지 않을 거니까."

　고미호는 싱긋 웃으며 시사에게 말했다.

　"훗. 개소리도 참으로 우아하게 하는군."

　시사는 어이없다는 듯 코웃음을 쳤다.

　대대로 야마구치구미에는 '아네고'라는 존재가 있었다.

　'아네고'는 야마구치구미 소속된 야쿠자들에게 여우의 신력을 이용해 힘을 증폭시켜 주는 역할을 하는 여우 일족이었다.

그러다가 시사가 고개를 갸웃거렸다.

"아네고는 사무라이에게만 적용되던 게 아닌가?"

일본의 사무라이. 그들은 중국이나 한국과 달리 내공 수련을 하지 않는다.

철저한 외공 위주의 수련으로 힘을 키우고, 부족한 내력의 힘을 아네고의 신력으로 채운다.

그 징검다리가 바로 야쿠자 특유의 문신이었고.

"어디, 능력도 없던 키츠네 그년하고 비교해?"

고미호가 자리에서 벌떡 일어나 뾰족하게 날을 세웠다.

"훗."

시사는 어깨를 슬쩍 들어올리며 다시 눈앞에 서 있는 이리에 타다시에 집중했다.

"더 이상의 대화는 무의미하겠지?"

시사의 말에 이리에 타다시는 검은 양복 상의를 벗어 옆으로 툭 던졌다.

두둑―

시사는 목을 꺾으며 앞으로 걸음을 내디뎠고.

우드득―

이리에 타다시는 손가락을 꺾으며 앞으로 나아갔다.

그렇게 서로를 향해 두어 걸음 걷자, 둘은 누가 먼저라고
할 것도 없이 덩치가 커졌다.

좌좍— 좌자작!

입고 있던 옷이 찢어지며 그들은 진신을 드러냈다.

"크르르르르."

시사는 흡사 사자에 좀 더 가까운 호랑이의 모습을 드러
내며 낮게 울음을 흘렸다.

『세상은 백이야, 그치?』

"크르르, 컹컹!"

시사는 검은 털에 붉은 무늬의 귀구, 이리에 타다시를 보
며 이죽였다.

『귀구 주제에 감히 오키나와의 신, 나 시사에게 덤빌 생
각을 다 하고.』

시사는 발톱을 세운 발로 땅을 탁 박으며 으르렁거렸
다.

"뭐래? 이 시키는?"

그때 고미호의 목소리가 둘 사이에 끼어들었다.

"가서 자기의 힘을 보여줘! 지면 죽는다!"

고미호는 시사를 노려보며 응원 아닌 응원을 보냈다.

고오오오오—

응원이 끝나기가 무섭게 고미호 주변으로 은은한 빛이 감돌았고, 동시에 이리에 타다시의 몸에서도 그와 똑같은 빛이 감돌기 시작했다.

"캬르르르르르!"

그 빛에 타다시의 몸이 한층 커지며 털빛이 황색으로 변했다. 동시에 붉은 무늬 또한 검게 변했다.

"커헝!"

그렇게 울음을 다시 터트리는 타다시의 무늬는 완벽하게 호랑이의 것을 닮아 있었다.

『……!』

자신과 비교해서 결코 작지 않은 덩치로 다시 커진 타다시를 보는 시사의 눈이 부릅떠졌다.

『……견신(犬神).』

일본 태고의 전설.

호랑이의 무늬를 가진 투견.

견신으로 다시 태어났다.

*　　　*　　　*

"누군가 죽는다면 그건 바로, 그대일 겁니다."

박현은 폐안과 마주 서며 미소를 지었다.

"과연."

폐안도 따라 웃음을 보였다.

그리고 둘의 웃음이 환해지자, 둘의 신형이 그 자리에서 사라졌다.

콰아아앙!

그리고 땅과 하늘에서 폭음이 터졌다.

＊　　　＊　　　＊

도쿄 롯본기.

일본의 대표적인 유흥가였다.

들뜬 사람들, 무표정하게 지나가는 회사원들, 술에 취해 휘청이는 이들, 웃음을 파는 호스티스와 호스트들의 호객 행위.

그런 그들을 더욱 화려하게 비추는 네온사인들.

화려함의 끝을 보여주는 롯본기에는 지금 그 어떤 불빛 도 없었다.

가로등마저 꺼져 있었고, 심지어는 반쯤 꺾이거나 뿌리째 뽑힌 가로등도 있었다.

가로등마저 뽑힐지언대 간판 등은 오죽하겠는가.

떨어져 나간 간판도 심심찮게 보였고, 떨어져 나가지 않았어도 바람에 덜컹덜컹 흔들리고 있었다.

쏴아아아아아—

한 치 앞도 보기 힘든 소나기가 퍼붓는 롯본기 거리에 수백 명에 달하는 사내들이 모습을 드러냈다.

가장 선두에 선 이는 기쿠치 료스케, 이광도였다.

자박— 자박— 자박—

료스케는 빗물이 고인 아스팔트 위를 걷다 걸음을 멈췄다.

드넓은 대로.

쏴아아아아아—

빗물이 하염없이 때리는 아스팔트 저쪽에 수백 명의 검은 양복을 입은 야쿠자들이 길목을 막아서고 있기 때문이었다.

"호야우 카무이."

료스케는 가장 선두에 서 있는 호야우 카무이를 바라보

며 씩 웃었다.

스윽

료스케는 품에서 칼을 하나 꺼내들었다.

칼 길이는 사시미 칼보다는 길고, 일본도 중도(中刀)보다는 짧은 어중간한 크기의 칼이었다.

"자기야."

검집조차 없는 칼을 뽑아든 료스케는 뒤에 서 있는 불여우 홍화를 불렀다.

"왜 불러?"

홍화가 엉덩이를 씰룩거리며 그의 옆에 섰다.

"자기의 화끈함이 필요해."

"나는."

홍화는 손으로 료스케의 척추를 따라 쓰다듬다가 엉덩이를 꽉 잡았다.

"이런 유쾌함이 좋아."

"흐흐흐흐. 날 뜨겁게 해줘."

료스케는 홍화를 이글거리는 눈으로 쳐다보았다.

"호호호호."

홍화는 그의 앞으로 걸어가 가슴을 어루만졌다.

부아악―

그러다가 그의 상의를 단숨에 찢었다.

그리고 홍화는 그의 왼쪽 가슴에 입을 맞췄다.

화르르르륵!
료스케의 몸에서 뜨거운 열기가 피어올랐고,
프시시시식—
세차게 내리던 소나기를 증발시켰다.
"오라오라오라랏!"
쑤아아아악— 화르륵!
료스케가 크게 앞으로 한 걸음 내디디며 검을 찍듯 중단
세 기수식을 취하자, 검에서 불길이 치솟아 올랐다.

"너희들도 열심히 해!"
홍화는 뒤로 빠지며 야쿠자들을 향해 손키스를 연신 날
렸다.
화아아아아아—
야쿠자들의 몸에서 뜨거운 열기가 동시다발적으로 피며
주변 물기를 완전히 날려버렸다.
급작스럽게 소나기가 마르자, 주변에 짙은 안개가 피어
났다.
그 안개가 뭉글뭉글 피어나 호야우 카무이와 이나가와카
이 조직원까지 뒤덮자.

"끼요옷!"

기쿠치 료스케가 빛살처럼 앞으로 튀어나갔다.

✻　　　✻　　　✻

팡!

박현이 축지를 밟았다.

발아래서 물안개가 먼지처럼 피어오르는 순간 박현의 신형이 사라졌다.

폐안이 서 있던 곳에 대합의 칼날이 베고 지나갔다.

그 순간 폐안은 빙판 위를 미끄러지듯 옆으로 피했다.

속도가 얼마나 빠른지, 박현의 단거리 축지와 큰 차이가 없을 정도였다.

팡!

박현은 한 번 더 물보라를 일으키며 폐안을 향해 거리를 좁히고 그를 베어갔다.

하지만 폐안은 이번에도 빠르게 허공으로 솟구치며 박현의 공격을 피했다.

쐐애애액!

박현은 집요할 정도로 축지를 밟아 허공을 뛰어올라 폐
안을 베어갔다.

쾅앙!

주변에 쏟아지는 소나기의 빗물이 비명을 지르며 흩어질
정도로 엄청난 폭음이 둘 사이에서 터졌다.

피하지 않았다.

폐안은 어느새 옥졸(獄卒) 쇠방망이를 꺼내 박현의 칼과
맞부딪혀온 것이었다.

"과연!"

폐안은 박현을 힘으로 누르며 이죽였다.

"훗!"

박현은 피식 웃음을 터트리며 아래로 툭 떨어졌다가, 다
시 허공을 밟으며 폐안의 다리를 베어갔다.

카강!

폐안은 몸을 뒤집어 마치 하늘을 땅처럼 밟고 땅을 하늘
처럼 이며 박현의 칼을 막았다.

카가가강—

순식간에 십여 합을 겨룬 둘은 빠르게 뒤로 물러나며 호
흡을 가다듬었다.

"이만하면 간은 다 본 것 같은데."

폐안은 다시 몸을 정(正)으로 돌려 서며 옥졸 쇠방망이를 옆으로 툭 던져 버렸다.

스으윽─

박현도 대합의 칼날을 다시 몸으로 흡수하며 웃었다.

"그럼 2차전으로 가볼까?"

폐안이 뒤로 훌쩍 물러나자.

구오오오오!

하늘이 울렸다.

쿵!

그리고 붉은 기둥 2개가 박현과 폐안 사이에 떨어져 내렸다. 그 기둥 위로 처마와 기와가 얹어지고, 붉은 문이 굳게 닫히며 둘 사이에 벽 아닌 벽을 만들었다.

붉은 옥문(獄門).

끼이익─

붉은 옥문이 열렸다.

폐안은 옥문을 통해 박현과 눈을 마주하며 씨익 웃었다. 그리고는 천천히 옥문을 향해 걸음을 옮겼다.

그리고.

그가 옥문을 통과하는 순간, 마치 허물을 벗듯 검붉은 호랑이로 변했다.

흔히 옥문에 새겨진 기괴한 호랑이 그 모습 그대로였다.

"크르르르르르르!"

폐안의 울음이 주변의 공기를 흔들었다.

"……!"

박현의 눈매가 가늘어졌다.

용에서 태어난 호랑이.

그게 바로 폐안이었다.

하지만 박현은 알고 있었다.

저 모습이 진정한 폐안의 진신은 아님을.

'2차전이라.'

폐안이 말한 2차전의 뜻이 바로 이것이리라.

'훗!'

박현은 씨익 웃으며 육신을 깨고 그의 앞에 호랑이의 모습을 드러냈다.

"크르르르르."

호랑이의 울음을 토하며 몸을 살짝 숙였다.

"크허어어엉!"

"크하아아앙!"

두 울음이 부딪힌 순간.

둘은 마치 용수철처럼 서로를 향해 튀어나갔다.

후아아아악!

폐안이 쇠낫처럼 세운 발톱으로 박현의 목을 할퀴어갔
다.

그 순간.

박현의 황금빛 눈동자가 세로로 찢어졌다.

"스으으읏—."

우렁찬 울음이 음산하게 가늘어졌다.

그러더니 기묘하게 구불구불하게 바닥을 스치며 폐안의
몸통과 목을 휘감았다.

"스하아아악!"

박현은 폐안의 얼굴 앞에서 울음을 터트리며 몸통을 꽉
쥐었다.

꾹— 꾸욱—

박현의, 백사의 몸통이 폐안의 몸을 파고들며 그의 몸을
더욱 강하게 조였다.

하지만 폐안은 폐안이었다.

"후욱—."

폐안이 크게 숨을 들이마시자, 마치 풍선이 부풀 듯 박현의 몸을 밀어내며 몸집을 키웠다.

지직— 지지직!

결국 박현의 살갗이 조금씩 터지기 시작하자, 박현은 곧장 몸을 풀며 하늘로 솟아올랐다.

"캬하아아아아악!"

박현은 커다란 날개를 활짝 펼치며 폐안을 내려다보았다.

"크르르르!"

폐안은 하얀 독수리로 변해 하늘에 떠 있는 박현을 올려다보며 성큼성큼 뛰어올랐다.

파바박!

폐안은 마치 절벽을 타고 오르는 호랑이처럼 허공을 밟으며 높이 뛰어올라 박현을 향해 이빨을 내밀었다. 박현은 그런 폐안을 향해 날개를 활짝 펼치며 발톱으로 폐안의 가슴을 찍어갔다.

그그극! 푸학—

가슴이 찢어지며 피가 튀었다.

하지만 폐안은 가슴이 찢어지는 건 상관도 하지 않고 박현의 목을 물어갔다.

　박현의 목에 폐안의 이빨이 박히는 순간, 커다란 날개는 통나무보다 두꺼운 팔로 바뀌며 폐안의 목을 휘감았다.

　"쿠후우우우!"

　백우(伯牛).

　마치 프로레슬러가 헤드락을 걸듯 폐안의 목을 죄어가자.

　"크륵, 크륵!"

　폐안도 고통스러운 듯 울음을 짧게 끊어 내뱉으며 박현, 백우를 등에 매단 채 앞으로 달려 나갔다.

　쿵! 쿵!

　그런 폐안 앞으로 다시금 붉은 기둥이 떨어져 옥문을 만들어냈다.

　콰앙!

　『컥!』

　폐안이 옥문을 지나는 순간, 박현은 무형의 힘에 뒤로 튕겨져 나갔다.

"크허어어어엉!"

그리고 옥문 뒤로 호랑이 형상을 가진 용이 모습을 드러내며 울음을 터트리고 있었다.

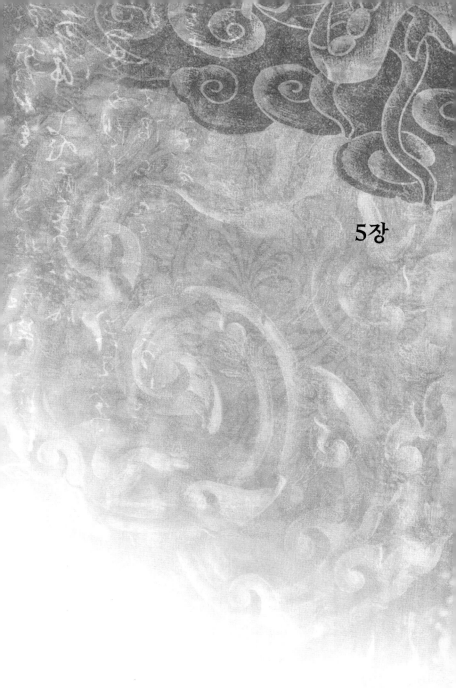

5장

"크르르르르르!"

호랑이의 털, 호랑이 발과 발톱, 호랑이의 이빨을 가진 폐안이 기다란 용의 몸을 하늘로 일으키며 박현을 내려다보았다.

"쿠후우우우!"

박현은 백우의 몸으로 허리를 펴며 거대한 몸집의 폐안을 올려다보았다.

쾅!

폐안은 뒷발을 들어 박현을 터트리려는 듯 밟았다.

팍—

그 순간 폐안의 발톱 사이로 하얀 백호가 튀어나왔다.

콱 콱 콱!

땅을 마구 헤집으며 달리는 박현을, 마치 두더지 게임이라도 하는 듯 폐안은 앞발을 이용해 마구 내려찍었다.

그때마다 박현은 방향을 틀며 폐안의 발을 피해 나갔다.

파박—

그러더니 날개를 활짝 펼치며 한 마리 독수리로 변해 하늘 위로 날아올랐다.

박현은 마치 벌처럼 폐안의 몸 주변을 어지럽게 휘감듯 날며 그의 등으로 뚝 떨어졌다.

"크르르, 크항!"

다시 백호로 모습을 바꾼 박현은 폐안의 등을 발톱으로 찍으며 튀어 올라 폐안의 뒷덜미를 강하게 물어뜯었다.

"크하아아악!"

따끔한 고통에 폐안은 하늘로 빠르게 날아오르며 몸을 털었다.

하지만 박현은 폐안의 살갗에 깊숙이 발톱을 밀어 넣으며 더욱 달라붙어 더욱 거칠게 뒷목을 물어뜯었다.

"크르르르르르!"

죽을 만큼 큰 상처는 아니었다.

다만.

박현의 백호가 아무리 거대하다 해도, 용으로 현신한 폐안의 입장에서는 그다지 큰 존재가 아니었다. 하지만 인간이 설치류 등에 살이 뜯기는 것처럼 꽤나 고통스러울 따름이었다.

뒷목 곳곳이 물어뜯기며 피가 목을 적시자, 폐안은 바닥으로 넘어지듯 뚝 떨어졌다.

콰광!

자칫 거대한 폐안의 등에 눌려 압사될 수 있었기에 박현은 재빨리 옆으로 튀어나갔다.

쿠웅!

그런 박현 앞으로 붉은 기둥이 내려섰다.

붉은 옥문.

박현은 재빨리 옆으로 피했지만.

쿵!

또 다른 옥문이 모습을 드러냈다.

"크르르르르."

박현은 반대편으로 몸을 날렸지만, 또 다른 옥문이 다시 그의 앞을 가로막았다.

그 옥문들은 시작이었다.

쿵! 쿵! 쿵! 쿵!

몇 개의 옥문이 하늘에서 툭툭 떨어지더니 격투기 팔각케이지처럼 박현을 완벽하게 에워 감쌌다.

"크르르르!"

박현은 몸을 낮게 숙이며 울음을 내뱉으며 위로 크게 뛰어올랐다.

옥문이 앞뒤 좌우를 막는다면 위로 넘어서면 되기 때문이었다.

하지만.

쿵!

여덟 개의 옥문 위로 마치 탑을 쌓듯 옥문이 층층이 쌓여 올라가기 시작했다.

마치 우물 안에 빠진 것처럼 사방이 완전히 막혀버렸다.

"크르르르르!"

박현은 결국 몸을 곧추세우며 하늘을 올려보았다.

『옥사에 온 것을 환영한다!』

하늘 위에 폐안이 똬리를 틀며 자신을 내려다보고 있었다.

『하하!』

박현은 가벼운 웃음을 내뱉었다.

『핫!』

웃음이 끝나자마자 박현은 두 다리에 힘을 줘 하늘로 뛰어올랐다.

그리고 등에 날개가 펼쳐지며 독수리가 되어 하늘로 날아올랐다.

『이곳은 나의 땅. 누구도 벗어날 수 없다.』

폐안의 말과 함께.

쑤아아아악!

윗층 옥문에서 붉은 창이 마치 화살처럼 날아와 박현의 날개를 노렸다.

『흡!』

박현은 재빨리 날개를 접으며 몸을 돌려 창을 피해냈다.

그리고 다시 날개를 활짝 펼쳤지만.

쑤아아아— 쑤아아아악!

일곱 개의 창이 박현의 몸을 내리고 날아온 것이었다.

‘……’

박현은 폐안을 힐긋 쳐다보며 날개를 접으며 몸을 웅크렸다.

화르르르—

동시에 그의 몸 주변으로 새하얀 대합의 껍데기가 꽃이 피듯 피어나 박현의 몸을 알처럼 뒤덮었다.

카가가강!

그런 대합 껍데기 위로 창이 튕기며 불꽃을 만들어냈다.

날개가 없는 대합이기에 서서히 바닥으로 내려섰다.

잠시 후, 대합껍데기가 서서히 벌어지며 박현이 다시 모습을 드러냈다.

옥문 최상층 여덟 개의 문 안에 창을 들고 선 옥졸들의 모습이 보였다.

『소개하지. 나의 진실 된 수하들이다.』

폐안의 말과 함께 다른 층 옥문에도 저마다 무구를 든 옥졸들이 모습을 드러냈다.

층마다 여덟이니.

'8층이니 총 64명인가?'

"이런, 이런."

박현은 난감하다는 듯 뺨을 긁으며 폐안을 올려다보았다.

"꽤나 허물없이 형제의 우애를 나눴다고 생각했었는데. 이런 힘을 숨기고 있을 줄은 몰랐군."

『형제 사이에서도 비밀은 있는 법이지.』

그물 안에 갇힌 참새라 여긴 것인지, 폐안은 꽤나 친절하게 입을 열었다.

"그런가?"

박현은 어깨를 으쓱 들어올렸다.

"그나저나 꽤 익숙한 향이 느껴지는데."

박현은 옥문에서 풍기는 기운이 이상하리만큼 낯설지 않았다.

"옥졸들도 제법 뛰어나 보이고."

그들이 풍기는 기운은 박현도 조금은 움찔할 정도로 상당한 죽음의 냄새가 풍겼다.

박현이 그들을 쭉 훑어보며 비릿하게 웃자.

쿵! 쿵! 쿵! 쿵! 쿵!

옥졸들은 육중한 철봉으로 바닥을 찍었다.

쿠우웅!

그 울림은 힘을 담고 있었고, 그 힘들은 하나로 뭉쳐 박현을 짓눌렀다.

상당한 압박감에 박현은 살짝 눈살을 찌푸렸다.

콰앙!

그에 박현은 발을 들어 바닥을 강하게 찍었다.

강력한 신력이 터지며 압박하던 기운을 위로 날려버렸다.

"어이!"

박현은 옥졸 중 한 명을 턱으로 가리키며 불렀다.

"보아하니, 반쯤은 저승에 발을 걸친 사자(使者)들 같은데, 이러면 쓰나."

"하하하!"

그 말을 들은 옥졸이 광오한 웃음을 터트렸다.

"네놈이 저승으로 끌려가 옥고(獄苦)를 치러봐야 정신을 차리겠구나!"

"이러는 걸 옥황상제는 아나 모르겠군."

박현이 이죽거리자,

쿵!

옥졸은 철봉을 들어 더욱 강하게 바닥을 찍었다.

"내 너를 팔층연옥의 굴레에서 구르게 만들어주마!"

옥졸이 철봉을 쥔 채 밖으로 튀어나오려는 그때였다.

턱―

누군가가 옥졸의 뒷덜미를 잡더니 뒤로 쭉 잡아당겼다.

"으헉!"

옥졸은 순간 헛바람을 들이켜며 뒤로 나뒹굴었다.

그리고 옥문으로 누군가가 걸어나왔다.

"왔나?"

모습을 드러낸 이는 조완희였다.

＊　　　＊　　　＊

팔층 옥사(獄事)가 만들어지자, 폐안은 그 위에 결계로
지붕을 덮었다.

그로 인해, 팔층 옥사 내부와 외부는 완벽하게 차단되었
다.

좀 더 정확히 표현하자면, 팔층 옥사 내부는 이승도 저승
도 아니었다.

일종의 중천(中天)의 공간이었다.

그렇기에 현세의 어떤 신이 와도 팔층 옥사를 부술 수는
없다.

심지어는 자신도.

팔층 옥사를 벗어날 수 있는 곳은 오직 한 곳.

자신이 친 지붕의 결계뿐.

하지만 그것 역시 만만치 않을 것이다.

왜냐하면 이곳으로 올라오기 위해서는 8층 옥졸들을 상
대해야 하기 때문이었다.

"네놈이 저승으로 끌려가 옥고(獄苦)를 치러봐야 정신을
차리겠구나!"

"이러는 걸 옥황상제는 아나 모르겠군."

"내 너를 팔층연옥의 굴레에서 구르게 만들어주마!"

박현과 1층 옥졸 사이의 대화가 이어지는데, 뭔가 이상하다는 느낌이 들었다.

뭔가 시간을 끄는 느낌?

비록 현세와 공간이 분리가 되어 중천의 공기가 흐른다고 하여도, 옥문에서 흘러나오는 저승의 기운과, 지옥의 분위기에 움츠러들 법도 하건만.

박현은 전혀 그런 느낌이 들지 않는 듯했다.

'왜?'

그런 물음이 들었다.

'……?'

그때 옥문 너머로 기운이 출렁거렸다.

뭔가 싸한 느낌이 들었다.

하지만 자신이 옥문 너머를 확인할 수 없었다.

중천까지라면 모를까, 옥문 너머 저승은 자신이 어떻게할 수 있는 곳이 아니었기 때문이었다.

'……!'

그때 박현을 향해 달려나가던 옥졸이 마치 빨려들어 가

듯 뒤로 나자빠졌다.

그리고 그곳을 차지한 낯선 기운.

잠시 후, 한 사내가 옥문을 통해 걸어나왔다.

"왔나?"

박현의 인사가 폐안의 귀에 들리지 않을 정도로 폐안은 짧게나마 충격에 빠졌다.

*   *   *

자신의 인사에도.

"허허!"

조완희는 박현을 보며 걸걸한 웃음을 내뱉을 뿐, 대답은 없었다.

"흠."

박현은 조완희의 눈에서 감도는 화광(火光)을 보자 안색을 살짝 굳혔다.

눈앞에 서 있는 조완희는 조완희이지만 조완희가 아니었다.

강림(降臨).

"뉘신지요?"

박현은 한 발 물러나며 공손하게 물었다.

조완희는 대별왕을 모시는 신제자였다.

또한 그 아래 시왕(十王) 또한 모신다.

그가 모시는 신 중에 가장 격이 낮은 이가 관성제군이었으니, 박현이 함부로 대할 수 있는 이는 없기 때문이었다.

『누구냐?』

폐안의 울림이 내려왔다.

그 물음과 동시에 옥문의 옥졸들도 조완희를 향해 기운을 내세웠다.

"이놈들이!"

그러자 조완희가 눈썹을 역팔자로 치켜떴다.

"썩 제자리로 돌아가지 않을까!"

조완희는 발을 구르며 호통쳤다.

달라진 목소리.

"히익!"

"헉!"

그 호통에 옥졸들의 안색이 파리해졌다.

그러더니 몇몇은 바닥에 바싹 엎드리기도 했다.

"여, 여……."

"어디서 그 이름을 올리느냐!"

누군가의 목소리에 조완희는 다시 호통쳤다.

"소, 송구하옵니다."

옥졸은 머리를 바닥에 찧으며 용서를 구했다.

"뭣들 해? 어서 꺼지지 않고!"

조완희의 이어진 명에 옥졸들은 걸음아 나 살려라 꽁지를 빼며 사라졌다.

"오랜만이로구나."

옥졸들이 사라지고 난 후에야 조완희는 고개를 들어 폐안을 올려다보았다.

"내가 경고했었지?"

조완희가 으르렁거리듯 이죽거렸다.

『……!』

폐안의 눈동자가 파르르 요동쳤다.

"옥졸들 데리고 사사로이 장난치지 말라고."

조완희가 폐안을 보며 씨익 하얀 이를 드러냈다.

『어, 어찌…….』

"상제를 속여, 저승의 옥문을 손에 넣은 것으로도 모자라, 사사로이 옥졸을 부린 죄! 내 오늘 친히 네게 벌을 내려야겠다!"

쿠궁!

옥문이 만들어낸 옥사 안으로 중천의 기운이 사라지고, 저승의 기운이 깔리기 시작했다.

『그, 그대가 어찌! 이곳에!』

폐안의 목소리는 한없이 떨리고 있었다.

"네 녀석 생각이 짧아졌구나."

『……?』

"이제 이곳은 대별왕의 권역임을 잊었느냐?"

『……!』

"또한 중국 역시 상제(上帝)의 권역이지. 이제 네놈이 내 눈을 피해 도망갈 곳은 없느니라."

고오오오오오—

조완희가 손을 뻗자, 옥사 위에 겹쳐진 지붕 위로 또 다른 결계가 펼쳐지기 시작했다.

『흡!』

그에 폐안이 위로 도망을 치려 했지만, 그보다 결계가 더욱 빨랐다.

쿵!

결계가 완전히 닫힌 후, 옥사 안으로 빠르게 저승의 기운으로 바뀌어 갔다.

"저승을 능멸한 죄! 그 벌을 받으라!"

*　　　*　　　*

"저승을 능멸한 죄! 그 벌을 받으라!"

조완희는 어디서 구했는지 모를 접부채로 폐안을 가리키며 옥사가 떠나가라 호통을 쳤다.

"이거 참."

어쩌다 보니 할 일이 없어진 박현은 어깨를 슬쩍 들며 뒤로 물러났다.

'대별왕은 아니겠고, 명부시왕 중 한 분이겠군.'

박현이 조완희를 흘깃 쳐다보며 뒤로 물러나는데.

턱!

조완희가 그런 박현의 어깨에 손을 턱 얹었다.

"……?"

의아함에 박현이 조완희를 쳐다보자, 조완희는 어울리지 않게 씨익 웃음을 지었다.

"어디를 가나?"

"……예?"

박현은 당황해 반문했다.

꾹!

그러자 조완희는 미소를 짓궂게 바꾸며 박현의 어깨를 꽉 쥐어짰다.

아프다면 아프지만, 그렇다고 참지 못할 정도로 고통스럽지는 않았다.

그저 인상이 살짝 찌푸려질 정도라고나 할까.

"흠! 흠!"

조완희는 콧바람을 훅훅 불며 턱으로 폐안을 가리켰다.

"이놈아."

갑자기 조완희는 능글맞은 목소리로 박현을 불렀다.

"내가 하리?"

"예?"

"이눔이 귀가 막혔나."

조완희는 발로 박현의 엉덩이를 뻥 걷어차듯 앞으로 밀어 넣었다.

"어서 저놈을 징치하지 못할까!"

조완희는 뻔뻔하리만큼 당당하게 서서 접부채로 폐안을 가리켰다.

"하아—."

절로 한숨이 나오는 건 무슨 이유일까.

어찌 되었든 명부시왕의 명이니, 박현은 털레털레 앞으로 걸어나갔다.

"풉!"

그때 뒤에서 웃음이 흘러나왔다.

묘한 장난기 섞인 웃음이 분명했기에 박현이 고개를 뒤로 홱 돌렸다.

"험험!"

그러자 조완희는 얼른 허리를 펴며 헛기침을 내뱉었다.

"어허! 어서 저놈을 징치하지……."

조완희를 향한 박현의 눈매가 가늘어졌다.

그리고 보니 조완희에게서 풍기는 저승의 기운이 조금 옅어진 것도 같았고, 무엇보다 압박감도 가벼워졌다.

"뭘 하는 게냐! 어서……."

조완희가 더 큰 목소리로 호통치며 접부채로 폐안을 쿡쿡 찌르듯 가리켰다.

"너 완희지."

박현은 목소리를 착 가라앉혔다.

"어허! 이놈이!"

그에 조완희가 성을 냈지만.

"뒈진다."

박현이 눈을 부릅떴다.

"이, 이 이놈⋯⋯."

조완희는 얼굴을 붉게 붉히며 볼살을 부르르 떨었다.

심증은 가는데 결정적인 확증이 없었다.

"죄송합니다."

박현은 아니꼽지만 허리를 숙여 사과했다.

"어서 가서 징치하지 못할까?"

조완희는 한 번 더 박현의 엉덩이를 걷어찼다.

아프지는 않은데, 뭔가 묘하게 감정이 실린 발차기였다.

"흠."

박현이 일단 몸을 돌리는데.

"으메, 으메!"

서기원이 옥문으로 넘어왔다.

"뭐가 이렇게 길이 복잡해야."

서기원이 이마에 난 땀을 훔치며 박현을 쳐다보았다.

"너는 또 어쩐 일이야?"

조완희는 이미 상의가 된 터였지만, 서기원은 아니었다.

"그게 중요한 게 아니어야. 염라⋯⋯."

조완희에게 말을 건네던 서기원이 고개를 갸웃거렸다.

"으메. 이미⋯⋯."

서기원이 말을 잇는데.

조완희가 박현 몰래 작게 몸부림치며 손을 마구 휘휘 저었다.

"가셨……."

결국 조완희는 손가락으로 입을 막으며 조용히 입 닫으라고 무시무시한 눈빛을 보냈다.

하지만, 눈치 없기로는 둘째가면 서러워할 이가 아니던가.

"……셨네?"

"그으래?"

박현은 숙였던 허리를 펴며 조완희를 쳐다보았다.

그리고 그를 향해 사악한 웃음을 지었다.

"히끅!"

조완희는 순간 딸꾹질을 내뱉었다.

"너 죽고 나 죽어볼까?"

박현이 스르륵— 대합의 칼날을 꺼내들었다.

"메롱!"

조완희는 에라 모르겠다는 듯 혀를 낼름하고는 옥문 안으로 튀었다.

그렇게 쫓고 쫓기는 추격전이 시작되려는 찰나.

쾅! 쾅— 쾅쾅쾅쾅쾅!

옥문이 굳게 닫히기 시작하며 무겁게 공기가 내려앉기 시작했다.

『크크크크크크.』
그리고 폐안의 음침한 웃음이 내려앉았다.
『감히 이 몸을 가지고 놀아?』
무거운 공기는 짙은 살기로 변하는 데 오랜 시간이 걸리지 않았다.

"후우."
조완희는 긴장감을 숨으로 내뱉으며 품에서 방울을 꺼내 들었다.
촤라라라랑—
그리고 방울을 흔들었다.
"흡!"
이내 조완희는 눈을 부릅떴다.
어떤 신들도 이어져 있지 않기 때문이었다.
그 이유는 이곳이 이승도 저승도 아닌 완벽하게 분리된 곳이었기 때문이었다.
턱—
그때 서기원이 조완희의 어깨에 손을 얹었다.

"놀랬지야?"

그러더니 자그만 대별왕 무속도를 꺼내 조완희의 손에 쥐여줬다.

솨아아아아—

부적처럼 자그만 무속도를 손에 쥐자, 주변으로 저승의 기운이 피어났다.

"대별왕께서 필요할 거라고 전해주라 했어야."

그러면서 엄지손가락을 치켜세웠다.

그러더니 뒤로 주르르 물러나더니, 굳게 닫힌 옥문을 열고 사라졌다.

"응?"

열렸던 옥문 너머로 저승의 기운이 화악 하고 풍겼다가 사라졌다.

"어?"

도저히 열리지 않을 것만 같던 옥문이 열리자 박현도 순간 눈을 동그랗게 뜨며, 서기원이 사라지는 걸 봤다.

『…….』

폐안도 당황한 듯 아무 말이 없었다.

뿐만 아니라 짙은 살기가 잠시 흔들리기도 했다.

서로 황당해 서로의 얼굴을 잠시 마주할 때였다.

끼익—

굳게 닫혔던 옥문이 빼꼼히 열렸다.

"이겨라! 이겨라!"

서기원이 주먹을 불끈 쥐어흔들고는 쏙 들어가버렸다.

쿵!

그리고 다시 옥문이 닫혔다.

조완희는 재빨리 옥문으로 다가가 문고리를 잡았다.

하지만 문고리는 마치 조각처럼 잡히지 않았다. 또한 문도 열리지 않았다.

"이 새끼!"

조완희는 몸을 부르르 떨었다.

부적을 줄 게 아니라, 그냥 옥문만 열어놔도 되는 것을.

어쨌든.

『이놈들이 감히 나를 가지고 놀아!』

폐안은 분노에 찬 일갈을 터트리며, 이제는 벽으로 바뀐 옥사 문을 쾅쾅 밟으며 박현과 조완희를 향해 뛰어내렸다.

"젠장!"

조완희는 재빨리 벽을 타며 방울을 흔들었다.

쿠웅!

무거운 저승의 기운이 조완희의 몸에 내려앉았다.

"크하하하하하!"

이내 조완희가 큰웃음을 터트리며 언월도를 빼들었다.

관성제군.

그의 강림이었다.

*   *   *

"캬하아아아아아악!"

박현도 단숨에 삼족오의 모습을 드러내며 폐안을 향해 날아올랐다.

"웃차!"

그때 벽을 타고 오르던 조완희가 눈빛을 발하며 벽을 박차고 몸을 날려 박현의 등 뒤에 올라섰다.

"삼족오여, 그대의 등을 좀 빌려야겠소."

조완희는 마치 말을 탄 장수처럼 바람을 맞으며 언월도를 치켜들었다.

"크하아아앙!"

"캬하아아악!"

폐안의 발톱과 박현의 발톱이 허공에서 서로 엉키는 순간.

파바박!

박현의 등 뒤에 타고 있던 조완희는 둘이 부딪히는 순간, 몸을 날려 벽을 타고 높게 뛰어올랐다.

"흐압!"

그리고는 폐안의 목으로 뚝 떨어지며 언월도를 휘둘렀다.

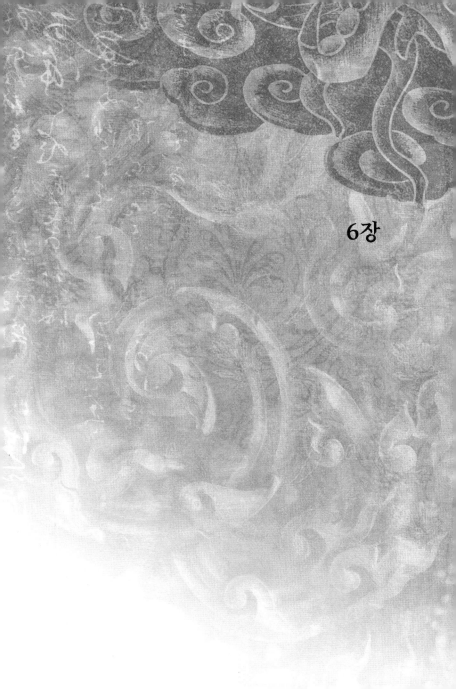

6장

마치 프로레슬링 경기에서 두 선수가 손깍지를 껴고 힘겨루기를 하듯, 삼족오의 박현과, 호랑이 용의 폐안이 서로의 발톱을 움켜쥐며 힘겨루기에 들어갔다.

　　"크르르르르!"

　　"크하아아앙!"

　　그 힘의 균형이 아슬아슬하게 빗나갈 때마다 두 거체는 비틀거리듯 위치를 서로 바꿔나가며 서로를 바닥으로 눌러 갔다.

　　그러는 사이.

파바박!

박현의 몸을 타고 있던 조완희는 박현이 날개를 활짝 편
친 순간, 그 날개에 몸을 숨겨 폐안의 이목을 교묘히 벗어
난 뒤 벽을 타고 옥사 위로 뛰어올랐다.

꾹!

옥사 최상층에 오른 조완희는 붉은 기둥을 움켜잡았다.

조완희의 손가락은 마치 두부를 움켜쥐는 것처럼 쉽사리
움켜잡았다. 그렇게 몸을 고정한 조완희는 언월도를 치켜
든 채 두 거신(巨神)들의 싸움을 내려다보았다.

이리 엉키고, 저리 엉키며 엎치락뒤치락하는 모습을 신
중하게 살피던, 조완희는 박현과 폐안의 위치가 뒤바뀌는
순간 벽을 박차고 아래로 뛰어내렸다.

쑤아악—

조완희는 한 마리 비조처럼 떨어지는가 싶더니, 폐안의
등에 올라타는 순간 벌처럼 매섭게 언월도를 휘둘렀다.

서걱!

언월도가 폐안의 등을 베고 지나가자.

푸학—

생각보다 많은 피가 튀었다.

"크항!"

폐안이 어깨를 떨며 고개를 뒤로 돌려 조완희를 쳐다보았다.

그 눈빛에 조완희는 씩 웃어 보였다.

"이제 시작일세."

조완희는 언월도를 높이 들었다.

"젊은 친우여, 꽉 잡으시게나."

짧게 박현과 눈빛을 교환한 조완희는 칼날을 좀 더 세웠다.

후우우우웅!

박현도 순간 긴장할 정도로 언월도에 시퍼런 기운이 서렸다.

당연히 폐안도 당장 그 검을 피하기 위해 몸을 비틀었지만, 그 순간 박현은 잡고 있던 폐안의 앞다리를 끌어 품으로 당겼다.

『어딜?』

박현은 폐안의 얼굴에 자신의 얼굴을 가까이 가져가며 히죽였다.

서걱!

동시에 살이 잘리는 소리와 함께 폐안의 몸이 꿈틀거렸다.

"크하아아아앙!"

폐안은 고통과 분노가 뒤섞인 울음을 토하며 크게 몸부림쳤다.

꽈악—

박현은 두 다리에 더욱 힘을 줘 폐안을 단단히 품에 잡아두었다.

『이 새끼들이!』

"크르르르!"

폐안은 으르렁거리며 기나긴 몸통을 마치 꼬리처럼 휘둘러 조완희를 등 뒤에서 떨어트린 뒤 박현의 몸통을 휘휘 감아버렸다.

그리고는 뒷발로 박현의 날개를 꽉 쥐고는 찢어발기려는 듯 힘을 줬다.

마치 어깨가 빠지는 듯한 고통에 박현의 눈매가 뒤틀렸다.

하지만 박현은 시퍼런 눈빛으로 자신을 내려다보는 폐안을 바라보며 씨익 웃어 보였다.

『......?』

『형님.』

『......』

『그 사이에 본인에 대해 잊은 모양이야.』

동시에 박현의 몸이 꿈틀거렸다.

『……!』

그러더니 깃털이 사라지며 몸이 쭉 늘어났다.

그리고 폐안이 찢으려고 잡아당기던 날개가 마치 손 안의 모래처럼 스르륵 사라졌다.

"스하아아악!"

그렇게 변한 모습은 한 마리 백사였다.

폐안과 비교해도 몸집이 뒤지지 않을 크기의 백사, 박현은 유연하게 몸을 꼬며 폐안의 몸을 휘감았다.

『누가 준 유산이 아직까지는 유효합니다.』

박현은 폐안 눈앞에 얼굴을 가져가며 이죽거렸다.

"크하아아아앙!"

그에 분노한 폐안이 울음을 터트렸고,

"스하아아아악!"

그에 질세라 박현도 울음을 토하며 더욱 강하게 폐안의 몸을 휘감았다.

마치 꽈배기처럼 뒤엉킨 그들의 뒤로 다시 조완희가 다시 뚝 떨어져 내렸다.

"흐아아압!"

조완희는 다시 우렁찬 기합을 터트리며 폐안의 등으로 뛰어내려 언월도를 휘둘렀다.

서걱— 서거거걱!

조완희는 마치 길을 달리는 듯 폐안의 등을 빠르게 타며 마구잡이로 언월도를 휘둘렀다.

그의 걸음걸음마다 피가 튀자 폐안은 결국 참을 수 없었던지 우악스러울 정도로 몸부림치며 울음을 터트렸다.

그 몸부림에 맞춰 박현은 슬쩍 몸을 풀었다.

스르륵!

그러자 폐안은 기다렸다는 듯이 느슨해진 틈을 타고 넘어가 조완희를 향해 입을 쩍 벌리며 이빨을 세웠다.

"지금!"

조완희는 폐안의 이빨을 피해 뒤로 훌쩍 몸을 날리며 소리쳤다.

"캬하아아아아아아악!"

창천의 울음이 터지며 박현은 다시 독수리로 모습을 바꿨다.

한 번의 날갯짓으로 훌쩍 날아오른 박현은 조완희를 향해 이빨을 들이미는 폐안의 뒷목을 낚아챘다.

"크하아앙!"

뒷목이 잡히고 나서야 아차한 폐안은 재빨리 몸통을 휘둘러 박현의 몸과 날개를 휘감았다.

그러자 박현은 아예 폐안을 발아래 움켜쥔 채 날개를 접으며 아래로 뚝 떨어져 내렸다.

콰아앙!

폐안을 바닥에 내려찍은 박현은 폐안이 잠시 충격에 빠져 허우적거리는 사이를 틈타 좀 더 단단히 그의 목을 눌렀다.

『이익!』

『훗!』

박현은 폐안의 신음을 비웃으며 창날처럼 날카로운 부리로 그의 머리를 내려찍었다.

콰곽!

하지만 박현의 부리는 폐안의 머리를 꿰뚫지 못했다.

아슬아슬하게 고개를 젖혀 머리가 부서지는 것은 가까스로 모면했지만 뺨에 긴 상처가 생기는 것까지는 피하지 못했다.

『이 새끼!』

폐안은 몸통을 튕긴 듯 꼬며 뒷발로 박현의 등을 할퀴어 갔다.

파바박!

동시에 조완희가 땅을 박차고 허공으로 뛰어올랐다.

"하앗!"

조완희는 언월도로 박현의 등을 찍어가는 발톱을 튕겨냈다.

우당탕탕탕!

조완희는 압도적인 힘에 밀려 뒤로 나가떨어졌지만, 별다른 충격은 없었던지, 곧바로 일어나 다시 폐안의 뒷발을 향해 달려들었다.

카가각— 카각—

조완희가 시간을 벌어준 덕에 박현은 좀 더 편하게 폐안의 목을 누를 수 있었다.

『이제 그만 끝냅시다.』

박현이 활시위를 당기듯 몸을 뒤로 젖혔다.

『흥!』

그에 폐안은 코웃음을 치며 눈에서 흉포한 안광을 내뿜었다.

『내 힘이 고작 이 정도일 거라 생각하지 마라!』

그리 소리친 폐안은 크게 숨을 들이켜며 울음을 터트렸다.

"크하앙!"

그 울음은 묘한 기운을 실어 사방으로 흩어졌다.

그리고 기운들은 옥사를 이루는 옥문으로 스며들었다.

『……!』

폐안의 또 다른 숨겨진 힘에 박현은 긴장을 늦추지 않았으며, 내단에 기운을 돌려 만반의 준비를 했다.

그리고.

휘이이잉―

메마른 바람이 옥사를 스치며 불었다.

『……?』

시간이 흘러도 아무런 변화가 없었다.

그저 정적만 흐를 뿐.

『……어, 어찌. 아니…….』

폐안은 상당히 당황한 듯 두서없이 말을 흘렸다.

끼익―

그때 굳게 닫힌 옥문이 열렸다.

"대별왕께서 옥사의 힘을 거둬들였다고 전해달라 했어야."

서기원이 얼굴을 삐죽 내밀며 해맑은 목소리로 폐안에게 말했다.

쿵!

그리고 문이 닫혔다.

끼익—

닫힌 문이 다시 열렸다.

"이겨라! 이겨라! 아싸!"

서기원은 주먹을 불끈 쥐고는 고개를 한 번 크게 끄덕인 후 다시 문을 닫고 사라졌다.

『크크크, 크하하하하!』

박현은 서기원의 말에 크게 웃음을 터트리며 폐안을 내려다보았다.

『이제 끝냅시다.』

박현은 팽팽하게 당겨진 활시위를 놓듯, 폐안의 머리로 부리를 내려찍었다.

콰직!

폐안의 머리가 그대로 부서졌다.

                    *   *   *

비희가 자리에서 벌떡 일어나다 순간 어지러움을 느낀 듯 휘청거리며 팔이 흐느적 찻잔을 쳤다.

땡그랑—

찻잔은 탁자 위를 구르다 바닥으로 떨어져 찻물을 흩뿌리며 부서졌다.

"혀, 형님."

이문이 재빨리 비희를 부축했다.

"괜찮다, 괜찮아."

비희는 이문의 부축을 뿌리치며 앞에 서 있는 초도를 바라보았다.

"진짜냐?"

"……형님."

날 선 비희의 물음에 초도가 울음기 섞인 목소리로 그를 부르며 고개를 끄덕였다.

"진정 옥문이 열리지 않는단 말이지?"

재차 물음에 초도는 한 번 더 고개를 끄덕이며 소리 없이 울음을 삼켰다.

"뿐만 아니라 한반도도, 일본열도에도 뒷길이 열리지 않아요."

뒷길, 혹은 어둠의 길 등 여러 이름으로 불리는 초도의 길은 이승도 저승도, 중천도 아니었다.

이 모든 곳 어느 한 곳 거침없이 아슬아슬하게 경계로 이어진 길이었다.

그런 초도의 뒷길이 막혔다.

콕 짚듯 한반도와 일본열도로 이어진 그 뒷길이.

이승, 저승, 그리고 중천.

이 모든 곳에 힘을 뿌릴 수 있는 신(神)은 단 한 명.

대별왕.

바로 그였다.

이로써, 용생구자는 완벽하게 한반도와 일본열도에서 영향력을 잃고 말았다.

＊　　　＊　　　＊

그 시각.

이탈리아 로마.

트레비 분수가 보이는 어느 한 카페.

박현은 사람들이 득실거리는 분수를 느긋하게 감상하며 에스프레소로 가볍게 입술을 축였다.

"여긴 어쩐 일이지?"

그의 옆으로 한 여인이 앉았다.

말은 걸면서도 눈빛조차 건네지 않는 여인은 화이트였다.

"일이 있어서."

박현도 그녀에게 눈길을 주지 않은 채 대답했다.

"선전포고인가?"

화이트의 목소리는 싸늘했고, 적의가 담겨 있었다.

"딱히. 개인적인 일이 있어 온 거야."

박현의 말에 화이트의 미간이 좁아졌다.

"……."

그리고 박현을 쳐다보았다.

그 시선에 박현도 고개를 돌려 화이트와 눈을 마주했다.

"진짜야."

박현은 싱긋 웃어 보였다.

그 웃음이 거슬렸던지 화이트의 미간은 더욱 찌푸려졌다.

"그리고 그대에게도 도움이 될 사안이기도 하고."

"……?"

화이트의 눈동자가 미묘하게나마 커졌다.

흥미가 조금이나마 동했다는 뜻.

"말해."

"요즘 중국인들 때문에 골치 아프지?"

박현이 에스프레소를 한 모금 마시며 물었다.

겨우 펴졌던 화이트의 미간에 다시 깊은 골이 파였다.

골치가 아픈 정도가 아니었다.

이탈리아의 상당 부분이 중국인들의 손에 장악된 상태였다.

패션계에서 프랑스와 함께 선두를 달리는 게 바로 이탈리아였으며, 세계적으로 Made in Italy는 패션의 대명사이기도 할 정도였다.

그런데 이 견고한 아성이 슬슬 무너지고 있었다.

바로 중국 때문이었다.

이탈리아로 이민 온 중국인들이 엄청난 규모의 중국 자본을 들여와 공장을 짓고, 중국에서 값싼 옷감을 수입해 중국인들을 고용한 뒤 옷감과 구두, 가방 등을 찍어내듯 생산해 해외로 팔아재끼고 있었기 때문이었다.

사실 말만 메이드 인 이탈리아지, 처음부터 끝까지 모두 중국산이었다.

이 부분이 이탈리아 입장으로 매우 곤혹스러운 일 중 하나였다.

뿐만 아니었다.

차이나타운은 이탈리아 정부의 행정력과 공권력이 들어가지 못할 정도로 분리되고 있었던 것이었다.

그리고 그 뒤에는 용생구자의 도철이 있었다.

"집시들도 골치 아프겠고."

하지만 문제는 중국만이 아니었다.

바로 집시들.

집시들이 이탈리아 관광지를 타깃으로 삼아버린 것이었다.

이 또한 뒤에 도철의 연인인 집시 마녀회의 지도자 에리카 베크만이 있었다.

도철이 이탈리아에 자리를 잡자, 정확히는 중국의 그늘 속에 안착한 것이지만, 어쨌든 그가 이탈리아에 자리를 잡자 당연히 그의 연인이 에리카 베크만도 이탈리아에 자리를 잡은 것이다.

집시 마녀회의 몇 안 되는 지도자가 이탈리아에 자리를 잡으니 당연히 국적 없는 집시들도 대이동을 하듯 이탈리아로 모여든 것이었다.

중국과 집시.

현재 화이트에게 있어 가장 골치 아픈 사안 중 하나였다.

"그래서?"

화이트가 물었다.

"뭘 그래서야? 굳이 답을 듣고 싶은 건가?"

화이트는 말이 없었지만, 당연히 확실한 답을 듣고 싶어
하는 눈치였다.

"내가 원하는 건 도철의 목."

"나는?"

"에리카의 목을 날리든가, 집시들을 거두든가 그건 그대
의 판단이지."

"흠."

화이트는 고민 섞인 침음을 내뱉으면서 박현의 눈치를
살폈다.

"왜? 적이라서 마음에 걸리나?"

"……."

화이트는 답을 하지 않았다.

"영원한 적도 아니면서."

의외로 드래곤들은 수천 년간 편을 갈라 싸웠었다.

어느 때는 같은 편, 어느 때는 죽이고 싶은 적으로.

때로는 힘을 합쳐 다른 신들을 죽이거나 몰아내기도 하
였다.

"만약 블루나 골드의 눈치가 보이면 모른 척해. 도철의
목은 본인이 알아서 쥘 테니."

탁!

박현은 에스프레소 잔을 내려놓았다.

"조용히 마무리하고 갈 테니, 방해만 하지 마."

박현은 자리에서 일어났다.

"그리고 이건 부탁이지만 부탁이 아니야."

박현의 서늘한 눈빛에 화이트는 자신도 모르게 고개를 끄덕였다.

스르르륵—

박현의 신형이 그 자리에서 사라졌다.

*　　　*　　　*

로마 중앙 기차역, 테르미니 역.

박현이 기차역을 벗어나자마자 처음 느낀 것은 눈을 가득 채운 한자들이었다.

이곳이 이탈리아인지, 중국인지 모를 정도로, 절반 이상이 한자로 채워져 있었다.

"재미있군."

박현은 간간이 보이는 중국인들을 살피며 걸음을 옮겼다.

저벅 저벅 저벅—

걸음이 걸을수록, 그 걸음 수만큼 이탈리아 알파벳이 사라지고, 한자가 그 자리를 차지했다.

동시에 이탈리아 특유의 공기가 흐려지며, 중국 특유의 공기가 느껴지기 시작했다.

척—

그리고 박현이 걸음을 멈췄다.

딱히 이곳부터, 라고 특정을 지을 수 없었지만 박현은 느낄 수 있었다.

딱 한 걸음.

이 걸음 앞은 이탈리아가 아닌 중국임을.

차이나타운이란 이름으로 만들어진, 바로 그곳.

그리고 이곳에 도철이 있었다.

씨익—

박현은 웃음을 지으며 한 걸음 내디뎠다.

솨아아아아아—

아니나 다를까.

박현을 휘감은 공기가 바뀌었다.

도로를 둘러싼 상점들과 일반 주택가에서 여러 시선이 느껴졌다.

'훗.'

대부분의 시선들이 중국인들이었지만, 간혹 골목에서 경계 가득한 눈빛을 띤 집시들도 보였다.

분명 도철과 그의 연인인 에리카가 있는 게 틀림없었다.

박현은 확신에 찬 미소를 지으며 걸음을 좀 더 내디뎠다.

그렇게 얼마를 걸어갔을까.

스물 남짓한 이들이 길로 우르르 쏟아져나오더니 박현 앞을 가로막았다.

"못 보던 놈인데, 누구?"

앞에선 이는 담배를 입에 문 채 삐딱하게 서서 가로막았다.

"훗."

축 늘어진 상의를 둘둘 말아 배를 드러낸, 일명 베이징 비키니 모습을 보자 절로 실소가 흘러나왔다.

거기에 어깨에 걸친 중식도(中食刀)에, 순간 이곳이 이탈리아 로마가 아닌 베이징 뒷골목이 아닐까 착각마저 들었기 때문이었다.

"허허."

그 실소에 중국인은 중식도로 어깨를 툭툭 치며 어이없다는 듯 헛웃음을 내뱉었다.

쐐애애액!

그러더니 한순간 중식도를 빠르게 휘둘러 박현의 목을 겨눴다.

"이 새끼, 살점을 발라버릴까 보다. 너 누구야? 엉?"

박현은 손을 들어 목에 드리운 중식도를 손가락으로 콕 쥐었다.

"도철, 여기 있지?"

박현이 씨익 웃으며 물었다.

"……!"

순간 사내의 눈동자가 흔들렸다.

저도 모르게 움찔한 것을 보니 도철이 있는 게 분명했다.

"너 누구야?"

사내가 중식도를 휘두르려고 했지만, 박현의 손가락에 잡힌 중식도는 꿈쩍도 하지 않았다.

오히려.

드득— 드드득—

중식도의 칼날이 박현의 손가락을 중심으로 실금이 가기 시작했다.

파장창창창!

결국 중식도 칼날이 부서졌다.

박현이 부순 건 아니었다.

중식도의 주인이 강하게 칼을 비틀어 칼날을 부순 것이었다.

쑤아아악!

"죽엇!"

그는 그렇게 반쯤 남은 칼날로 매섭게 박현의 어깨를 찍어내려 갔다.

스윽—

박현은 귀찮다는 듯 손을 휘저었다.

"억!"

칼을 휘두르던 사내는 한순간 몸이 굳으며 짧게 숨을 삼켰다.

화아아악—

그리고 그의 몸은 붉은 먼지가 되어 사라졌다.

그 흔한 핏물조차 바닥에 묻지 않았다.

말 그 자체처럼, 증발하듯 사라진 것이었다.

박현은 그 뒤에 선 또 다른 사내들을 향해 손을 뻗었다.

"어? 어?"

그 사내는 무형의 힘에 밀려 박현의 손아귀에 잡혔다.

"도철, 여기 있지?"

박현이 물었다.

"이 새끼!"

사내는 허리 뒤춤에 차고 있던 칼을 꺼내 박현의 배를 쑤셨다.

그그극!

하지만 칼날은 박현의 옷자락조차 베지 못하고 옆으로 미끌어졌다.

박현은 마치 쓰레기를 버리듯 사내를 옆으로 던졌다.

화아아아악—

허공에서 바둥대던 사내는 이내 붉은 먼지가 되어 사라졌다.

그제야 뭔가 이상함을 느낀 이들은 일제히 칼을 꺼내들었다. 하지만 기세에 이미 밀린 듯 저마다 보폭의 차이는 있지만 뒤로 한두 걸음씩 뒷걸음질 쳤다.

박현은 다시 한 사내를 잡아당겼다.

"도철, 여기 있지?"

그리고는 다시 물었다.

"figlio di puttana(개자식)!"

걸쭉한 이탈리아 욕과 함께 번뜩이는 암기가 날아왔다.

박현은 고개를 뒤로 젖히며 암기를 낚아챘다.

"카드?"

손에 쥐여진 암기는 다름 아닌 타로 카드였다.

핑!

카드는 순간 터지며 한 자루의 칼이 되어 박현의 목을 노렸다.

동시에 여러 카드가 박현의 몸을 덮치려는 순간.

쏴아아아아아!

설풍이 불어왔다.

차가운 설풍은 십여 장의 타로 카드를 휘감아 하늘로 날려 보냈다.

박현은 고개를 들어 하늘을 올려다보았다.

하늘에는 화이트가 서 있었다.

"훗."

박현은 그런 화이트를 보며 미소를 지었다.

"흥!"

화이트는 코웃음을 치며 이내 시선을 돌렸지만, 이내 둘은 한 곳을 동시에 쳐다볼 수밖에 없었다.

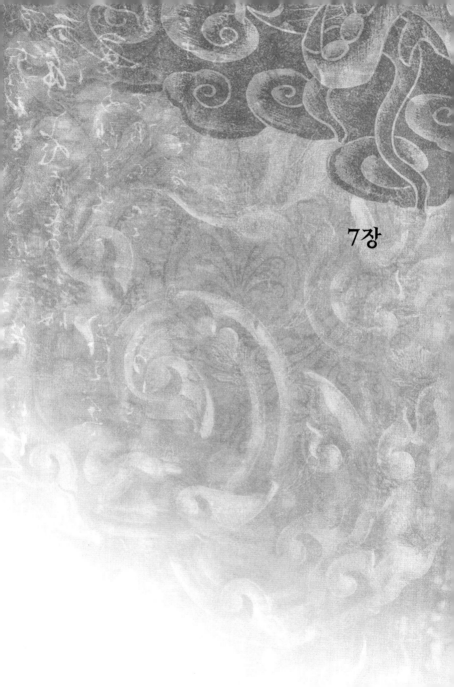

7장

　아담한 오두막 정도는 될 법한 자그만 검은 먹구름이 몰려왔다.

　우르르 쾅쾅!

　자그만 먹구름은 자그만 번개를 고슴도치처럼 세우고 있었다.

　화악―

　먹구름이 도너츠처럼 가운데가 비며 한 사내가 얼굴을 드러냈다.

　도철.

용생구자의 다섯째이자, 중국에서 사흉(四凶) 중 하나로 불리는 이였다.

파르르르르—

그 뒤로 타로카드를 마치 근두운처럼 타고 여인이 모습을 드러냈다.

도철의 연인이자, 집시 마녀의 지도자인 에리카 베크만이었다.

"오랜만이라고 해야 하나?"

도철은 조소와 적의를 섞어 물었다.

"오랜만이라면 오랜만이기는 하지."

박현도 허공으로 몸을 날려 도철과 눈높이를 나란히 만들었다.

"그쪽이 에리카?"

박현이 에리카를 보며 물었다.

도철은 서너 번 본 적이 있었지만, 에리카를 보는 건 처음이었다.

"박현?"

에리카는 제법 좋은 발음으로 박현의 이름을 불렀다.

팡!

박현은 허공에서 축지를 밟아 그녀 앞에 섰다.

"너로군."

할머니의 육신을 죽인 마녀.

"크크크크크크!"

도철을 비교적 담담하게 대했던 것과 달리 그녀를 향한 박현의 기운은 적의로 가득 차 있었다.

그 적의를 느낀 에리카가 뒤로 살짝 물러나며 타로카드 한 벌을 허공에 뿌려 타로의 장막을 펼쳤다.

그으으으—

박현이 한 걸음 다가가자, 철벽처럼 단단하게 벽을 쳤던 타로카드들이 출렁거렸다.

조금만 더 흔들리면 결속된 카드들이 찢어질 터.

그렇게 박현이 한 걸음 더 발을 내디디려 할 때였다.

쏴아아아악!

삭풍이 칼날처럼 날아와 박현과 에리카 사이를 베고 지나갔다.

박현은 눈살을 찌푸리며 고개를 위로 들었다.

아니나 다를까.

화이트가 박현과 에리카 사이로 끼어들었다.

"약속. 지켜야지?"

화이트는 박현을 보며 건조무미하게 말을 던졌다.

박현은 그런 화이트를 지그시 바라보았다.

그리고 고개를 돌려 짧게 에리카를 일견했다.

에리카의 목숨을 직접 거둔다.

속은 시원할지 몰라도 득은 없고 실은 많다.

그리고 어차피, 이곳에 온 목적은 그녀가 아니었다.

도철.

박현은 도철을 향해 걸음을 옮겼다.

＊　　　＊　　　＊

"고작 나를 보러 이 먼 곳으로 오지는 않았을 것이고."

도철은 박현을 한 수 아래로 보는 듯 여유롭기 그지없었다.

"내 목이라도 잘라보고 싶어서 온 건가?"

가소롭다는 듯 쳐다보는 도철을 보며 박현은 하얀 이를 드러냈다.

"맞아."

망설임 없는 목소리에 도철의 눈두덩이가 꿈틀거렸다.

"크하하하하하하!"

그러더니 광소(狂笑)를 터트렸다.

"네가 감히 나를?"

도철의 주변으로 먹구름이 뭉글뭉글 일어나더니 그는 곧 거대한 늑대 모습으로 변했다.

우르르 쾅쾅!

먹구름 늑대가 낮게 울자, 그 모습에 맞춰 번개가 울음소리를 대신 울었다.

쇄아아아아아—

그에 맞춰 박현의 몸에서 태양의 빛이 뻗어나가며 거대한 새의 모습으로 변했다. 그렇게 황금빛 삼족오는 소리 없는 울음을 터트리며 거대한 날개를 활짝 펼쳤다.

"너라고 다를까."

박현이 이죽이자, 도철의 눈매가 가늘어졌다.

"무슨 소리지?"

"폐안."

"폐안 형님?"

"슬슬 시작하자. 형님이 너 기다리신다."

팡!

박현의 몸에서 태양빛이 터지며 빛으로 이뤄진 삼족오가 다시금 날개를 활짝 펼쳤다.

"무슨 소리냐고 물었다!"

우르르 쾅쾅—

도철이 소리치자 먹구름 늑대의 몸에서 번개가 사방으로 뻗쳤다.

"훗!"

박현이 대답 대신 비릿한 웃음을 지어 보였다.

"이 노옴!"

도철이 노성을 터트리자, 먹구름 늑대는 하늘을 박차고 달려와 박현을 집어삼켜 갔다.

하지만 움직인 건 먹구름 늑대만이 아니었다.

태양의 삼족오가 기다렸다는 듯이 하늘로 날아오르더니, 날개를 접고 빠르게 내려와 늑대의 목덜미를 낚아챘다.

하지만 도철의 힘이 고스란히 투영된 늑대였다.

늑대는 재빨리 몸을 움츠려 삼족오의 발톱을 가까스로 피한 뒤 몸을 비틀듯 돌려 삼족오의 품으로 엉겨 붙었다.

늘대의 이빨, 발톱이 삼족의 몸을 할퀴고 깨물었고, 삼족
오의 쇠낫처럼 성긴 발톱이 늘대를 찍어 눌렀다.

그렇게 둘은 얽히고설키며 서로의 목을 물어뜯었다.

그들의 아래에 박현과 도철은 서로를 바라보며 진득한
살기를 드러내고 있었다.

퍽— 퍽!

어느 순간 먹구름 늘대는 연기가 되어 사라지고, 태양빛
삼족오는 사방으로 빛을 흩뿌리며 지워졌다.

그리고 둘이 서로 몸을 날리며 부딪혀갔다.

"크하아아앙!"

도철이 진신이자 허상에 가까운 먹구름 늘대가 아닌 용
의 비늘로 덮인 늘대로 변하며 박현을 물어갔다.

팟—

그 순간 박현은 축지를 밟으며 거리를 넓게 벌렸다.

"크륵?"

도철은 순간 어이없다는 듯 박현을 쳐다보았다.

"쉽게 갈 수 있는데, 굳이 어렵게 갈 일이 있나?"

박현은 품에서 부적 한 장을 꺼내들었다.

그리고는 부적을 바닥으로 툭 던졌다.

가벼운 종이는 마치 무거운 철판처럼 바닥으로 툭 떨어졌고.

투웅!

부적을 중심으로 근방 땅이 마치 북처럼 울렸다.

고오오오오오오—

무거운 공기가 땅에서 스물스물 피어나며 천연의 색을 지워나갔다.

그렇게 세상은 흑백으로 바뀌었다.

"끄응!"

서늘하면서도 질척이는 무거운 공기와 천연의 색이 사라진 흑백의 세상.

도철은 앓는 소리를 삼키며 뒤로 물러났다.

"다, 달링!"

화이트와 한바탕 힘겨루기를 시작하려던 에리카도 당황하며 그의 곁으로 바투 다가섰다.

"이, 이게 무슨……."

"저승."

"에에?"

저승이라는 말에 에리카가 놀라며 눈을 부릅떴다.

"어, 어떻게? 여기는…….."

당황한 건 비단 도철과 에리카만이 아니었다.

"이, 이게 무슨 일이지?"

화이트가 박현에게 붙으며 물었다.

"나를 어여삐 여기는 신의 공간."

"시, 신의 공간?"

"어."

"어, 어떤 신이기에 공기가…….."

"저승."

"……!"

눈을 부릅뜨는 화이트를 짧게 바라보며 박현이 어깨를 으쓱거렸다.

"그나저나 늦는군."

박현은 검게 물든 하늘을 올려다보며 중얼거렸다.

"누가 오는 건…….."

화이트가 막 입을 열자마자, 기다렸다는 듯이 하늘에서 붉은 기둥이 떨어졌다.

쿵— 쿵!

두 개의 붉은 기둥 사이로 문이 만들어졌고, 기와가 올랐다.

옥문.

폐안의 상징이었던 옥문이 저승에 세워진 것이었다.

"형님!"

도철은 안도감과 동시에 든든한 우군의 지원에 기쁨을 드러냈다.

그의 부름에도 옥문은 열리지 않았다.

긴장감과 애탐이 묘하게 끓어오를 때였다.

끼이익—

열리지 않을 것처럼 굳게 닫혀 있던 옥문이 열렸다.

"형님!"

도철이 한 번 더 폐안을 불렀다.

하지만 아무런 답도 없었고, 어떤 그림자도 옥문에서 나오지 않았다.

그렇게 다시 시간이 흐르고, 흘렀다.

그리고.

"우아아아악."

우당탕탕탕—

퉁퉁한 검은 그림자가 옥문에서 튕겨져 나와 바닥으로 마구 굴렀다.

"으메! 으메야!"

그렇게 그림자는 구르고 굴러 도철 앞에서 툭 멈췄다.

"아이구, 어지러워야."

서기원은 머리를 털며 앞에 서 있는 도철의 바짓자락을 마치 끌어내듯 잡아당기며 일어났다.

"누구냐?"

도철이 싸늘한 목소리로 물었다.

"누구⋯⋯여야?"

서기원은 도철을 바라보며 눈을 껌뻑였다.

"누구냐고 물었다!"

도철은 으르렁거리듯 다시금 되물었다.

"아!"

서기원은 그제야 알았다는 듯 눈을 동그랗게 뜨며 부드럽게 뒤로 물러났다.

"폐안 형님은 어디 가고, 네놈이 저곳으로 나온 것이냐!"

끼이이익—

서기원이 나오고 굳게 닫혔던 옥문이 다시 열렸다.

모두의 이목이 다시 옥문으로 향했다.

"화이팅!"

옥문 사이로 조완희가 얼굴을 빠끔히 내밀며 주먹을 흔들었다.

쿵!

그리고 옥문이 다시 닫혔다.

"헤헤헤."

서기원은 뒤통수를 긁으며 해맑게 웃었다.

"어쩌다 보니 이번에는 나가 왔어야."

서기원은 한쪽에 멍이 든 눈으로 웃음을 그리며 손가락으로 'V'자를 그렸다.

*　　　*　　　*

"히히, 헤헤헤~."

서기원은 해맑은 눈웃음에, 눈에 난 멍자국은 너무나도 선명했다.

"눈은 왜 그러냐?"

박현이 묻자.

"좀생이가 그랬어야."

서기원은 어느새 달걀을 하나 꺼내 눈 주변을 마사지하며 투덜거렸다.

좀생이는 보나 마나 조완희겠지.

"하여튼 심보가 고약……."

끼익—

서기원이 막 조완희의 뒷담화를 시작할 때였다.

옥문이 빠끔히 열리며 조완희가 얼굴을 내밀었다.

"내 험담하는 건 아니지?"

조완희는 서기원을 향해 눈초리를 세우는 것으로도 모자라 주먹을 쥐었다.

"하면 죽는다!"

"그, 그럴 리가 있겠어야."

서기원은 능청스럽게 손을 휘휘 저었다.

"그럼 수고혀라. 파이팅!"

조완희는 불끈 쥔 주먹을 박현을 향해 쭉 내밀었다.

쿵!

옥문이 다시 닫히고.

"@^#$%^%^#^$#^%$#%."

서기원은 알아들을 수 없을 정도로 자그만 목소리로 구

시렁거렸다.

화작!

그러더니 달걀을 으깨듯 깨 알맹이를 쏙 먹었다.

＊　　　＊　　　＊

"크르르르르르."

거칠기 짝이 없는 울음.

"크하아앙!"

그리고 포효.

지축을 흔들 정도로 분노가 담긴 포효와 함께 도철이 달려와 마치 코끼리가 개미를 밟아버리듯 커다란 앞발로 서기원을 내려찍었다.

쾅!

묵직한 파음.

그건 도철의 앞발과 땅이 마주하며 난 폭음이 아니었다.

웅크린 서기원 위로 거대한 인형이 나타나 도철의 앞발을 머리 위로 이고 있었던 것이었다.

그 거대한 인형은, 사천왕 중 지국천왕이었다.

서기원이 두 팔을 들며 몸을 일으키자, 그 위에 포개진 거대한 모습의 지국천왕도 두 팔로 도철의 앞발을 밀어 올리며 몸을 세웠다.

"으헛!"

서기원이 기합을 터트리며 몸을 휘둘렀다.

『으헛!』

그러자 지국천왕도 똑같은 기합을 내뱉으며 도철의 앞발을 휘감아 바닥으로 업어 쳤다.

콰앙!

땅거죽이 들썩일 정도로 도철이 요란하게 땅에 처박혔다.

"음트트트트트트!"

서기원은 허리에 손을 얹으며 거만한 웃음을 터트렸다.

『음트트트트트트!』

당연히 지국천왕도 웃음을 터트렸다.

그런데.

『이, 이놈아! 이, 무슨 경박한 웃음이냐!』

지국천왕은 서기원의 행동에 맞춰 경망스런 웃음을 내뱉다가 얼굴을 화락 일그러트렸다.

"뭐가 어때여야?"

『뭐가 어쩌고 저째? 이눔이……, 어? 어? 야! 야! 이눔아!』

지국천왕이 근엄하게 서기원을 꾸짖는데, 서기원은 마치 보디빌더가 포즈를 취하듯 기묘한 자세를 취하기 시작했다. 당연히 지국천왕은 우스꽝스러울 정도로 그 자세를 복사해 나갔다.

"가라! 지국의 로켓팔!"

『가라! 지국의 로켓팔!』

지국천왕이 도철을 향해 태권도의 정권치기를 하자, 주먹에서 권강(拳罡)이 튀어나갔다.

『이, 이놈! 이 망나니 같은 놈아!』

지강천왕의 절규에도 서기원은 천방지방 도철을 압박해 들어갔다.

"달려라 달려 로보트야!"

『달려라 달려 로보트야』

"정의로 뭉친 주먹 로보트 태권."

『정의로 뭉친 주먹 로보트 태권.』

노래는 덤이었다.

쾅! 콰광! 콰과광!

어쨌든 서기원은 마치 오락실 아이어 피스 게임의 캐릭터 '화랑'처럼 과장된 연속 기술로 도철을 밀어붙이고 있었다.

그런데 그 기술이 상당히 도철에게 잘 먹히고 있었다.

그게 서기원의 능력인지, 아니면 지국천왕의 힘인지는 모르겠지만.

"끼요옷!"

『끼요옷! 이상한 소리는 안 하면 안 되겠느냐?』

"아뵤오!"

『아뵤오!』

"치, 친구인가?"

화이트는 황당하게 서기원을 쳐다보며 물었다.

"……."

박현은 말없이 서기원을 외면했다.

*   *   *

"꺄아아아아아—!"

우렁찬 장소를 내뿜으며 박현은 하늘로 날아올랐다.

은은한 황금빛이 뿜어져 나옴과 동시에 박현의 육신이 찢어지며 거대한 날개와 쇠낫처럼 날카로운 발톱이 드러났다.

매끈한 목 위로 창날처럼 뾰족한 부리가 태양빛마저 집어삼켰다.

진정한 삼족오. 진신을 드러낸 박현은 창공을 날아올라 서기원과, 정확히는 지국천왕과 도철의 싸움을 내려다보았다.

"카르르르!"

"허허헛!"

서기원은 요상한 기합을 내뱉으며 도철의 목을 두꺼운 팔로 휘감았다.

그리고 목을 죄고 벗어나려는 힘싸움이 시작된 것이었다.

도철은 마치 황소처럼 이리 날뛰고, 저리 날뛰었지만 의외로 서기원은 도철의 목을 계속 옥죄어갔다.

"크르르!"

결국 지친 듯 도철의 움직임은 서서히 느려지고, 호흡은 조금씩 거칠어지기 시작했다.

"흐흐흐흐흐!"

기세를 잡았다 싶은 서기원은 득의양양한 웃음을 내뱉었다.

하지만.

도철은 지친 것이 아니었다.

조용히 내부에 힘을 축적하고 있었던 것이었다.

"크크크, 캬후우우우!"

도철은 크게 숨을 들이켠 후 부푼 가슴을 쥐어짜듯 울음을 내뱉었다.

우르르르르—

그 울음에 사방으로 먹구름이 들이차기 시작했다.

그리고 먹구름 안에서는 수십 수백 마리의 뱀들이 꿈틀거리는 것처럼 번개 수십 자락이 번뜩거렸다.

"캬항!"

도철이 다시금 울음을 터트리자.

콰광— 콰과과광!

수십 자락의 번개가 일제히 서기원의 몸을 때렸다.

"으악! 으메! 으메! 아, 아파야!"

서기원은 마치 수십 마리의 벌떼에 쏘인 듯 몸을 꼬며 사방으로 경망스럽게 뛰어다녔다.

"이 시키가! 보자보자 하니까! 된장을 처발라버릴까 보다!"

서기원은 도철을 노려보며 오른손을 번쩍 들어올렸다.

"변신! 광목천왕!"

그러자 지국천왕의 푸른 후광이 하얀색으로 바뀌며 입고 있던 갑옷의 색도 붉게 변했다.

『나, 나는 싫다! 나는 싫다, 이놈아!』

그렇게 현신한 광목천왕은 몸서리치며 거부했지만, 아무런 소용도 없었다.

쏴아아아아—

그 사이 빈틈을 노리던 박현이 도철의 등을 덮쳤다.

물론 어디서 특촬물이라도 본 것인지, 요상하게 광목천왕을 불러내는 서기원의 행동에 순간 비릿하기는 했지만 빠르게 마음을 잡으며 도철의 목을 잡을 수 있었다.

"캬후우우우우!"

도철이 몸을 뒤집으며 박현의 배를 긁어가고, 다리를 물어갔지만 그보다 박현의 움직임이 더욱 난폭하고 빨랐다.

"캬하아아!"

두 다리로 도철의 어깨와 앞발을 제압한 박현은 다른 한발로 도철의 목을 찍어 눌렀다.

"나 오늘 된장 발라버려야!"

그 사이 서기원, 아니 광목천왕은 소매를 훌훌 걷어올리더니 보탑을 거꾸로 잡아들었다.

『안 된다! 보, 보탑은 그렇게 쓰라고 있는 게 아니다!』

광목천왕이 그러거나 말거나.

보탑을 거꾸로 든 서기원은, 보탑이 무슨 몽둥이라도 되는 것처럼 붕붕 휘두르며 박현에게 깔려 발버둥치는 도철에게 다가갔다.

"뒈져야! 뒈져버려야!"

서기원은 보탑으로 도철의 온몸을 마구잡이 개 패듯 후려쳤다.

『끕!』

결국 광목천왕은 눈을 질끈 감으며 눈물 한 방울을 똑 흘렸다.

"달링!"

그때 에리카가 도움을 주기 위해 타로카드를 쏘아보냈다.

하지만 화이트가 그런 그녀를 막아섰고, 힘이 없어진 타로카드는 박현의 태양빛에 녹아내렸다.

"크르르르—. 컥컥!"

박현은 핏덩이가 된 도철을 내려다보았다.

도철은 힘 없지만 여전히 적의 가득한 눈으로 박현을 올려다보고 있었다.

『그리 볼 것 없어. 어차피 함께 살아갈 수 없는 인연이니.』

『…….』

『곧 형제들이 찾아갈 거야.』

『아니, 저승에서 널 기다리고 있으마.』

『과연!』

박현은 씨익 웃으며 도철의 몸 안으로 발톱을 밀어 넣었다.

이내 도철의 몸이 갈기갈기 찢겨지며 태양빛이 터졌다.

'이제 애자 누님인가?'

하늘을 올려다보는 박현의 눈빛은 도철과 달리 조금은 서글퍼 보였다.

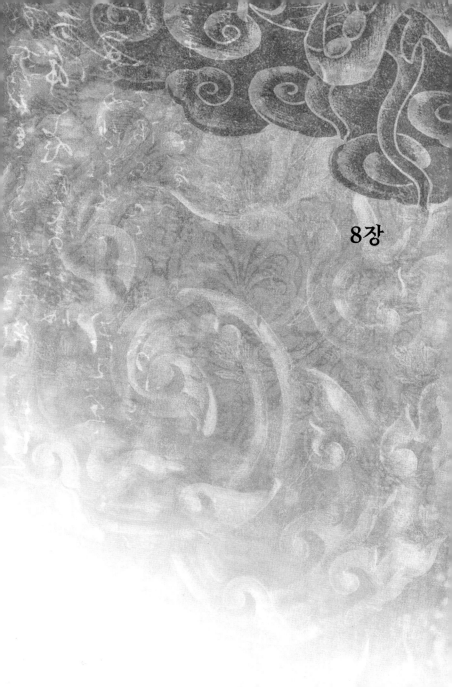

8장

광활한 대지와 산맥이 쭉 뻗어 있는 애팔래치아산맥.

지류에 자리한 어느 자그만 마을.

주민 대부분이 인디언 일족으로 구성된 마을에 박현이 들어섰다.

수백 가구 정도인 이 마을은 옆집 포크 개수가 몇 개인지도 알 정도로 공동체나 다름없었다.

인근에 도시도 없거니와 대도시와 대도시를 잇는 마을도 아니었다. 흔한 회사도, 공장도 없어 딱히 이방인이 들릴 만한 이유도 없는 곳이었다.

그렇다 보니 외지인은 주민들의 이목을 끌 수밖에 없었

다.

그 마을, 다운타운에 들어선 박현은 가볍게 주변을 둘러
보았다.

70년대?

아니 그건 너무 갔고, 다운타운은 마치 80년대를 보는
듯했다.

브라운관 TV도 곳곳에서 보일 정도였다.

어쨌든, 과거로 온 듯한 마을 다운타운을 휘적휘적 거닐
며 마땅한 곳을 찾았다.

그런 박현의 눈에 띈 건 바로 바(bar)였다.

이른 오후지만, 바 문이 열려 있었고 시끄럽지는 않지만
제법 북적북적한 곳이었다.

딱 봐도 동네 사랑방 느낌이 드는 곳이었다.

'지금쯤이면 소식이 들어갔겠군.'

박현은 스윙도어를 열고 바 안으로 들어갔다.

…….

조용했다.

불과 스윙도어를 열기 전까지만 해도, 시끄럽지는 않았

지만 그래도 왁자지껄한 대화 소리가 들려왔다.

그런데 박현이 바 안으로 들어서는 순간, 그 모든 대화가 끊겼다.

탁— 턱!

그저 술병과 술잔이 탁자 위로 내려서는 소리만 불규칙하게 들릴 뿐이었다.

바 안에는 열대여섯 정도 되는 이들이 삼삼오오 모여 있었다.

그들은 노골적으로 박현을 쳐다보았다.

상당히 불편한 시선들이었지만, 박현은 무신경하게 흘리며 바테이블로 다가가 앉았다.

그러자 수염을 길게 기른 사장이 그의 앞으로 다가와 섰다.

쿵!

손바닥으로 테이블을 내려친 게 아닐까 싶을 정도로 바 테이블을 손으로 세게 짚었다.

"위스키 한 잔."

"어떤?"

"적당한 걸로 알아서."

박현의 말에 사장이자 바텐더인 사내는 박현을 잠시 노

려보듯 쳐다보다 몸을 돌려 반쯤 비어 있는 위스키 병을 꺼내들었다.

탁— 쪼르르르—

사장은 잔을 채워 박현 앞으로 밀었다.

"8박스."

한 잔에 8달러라는 말에 박현은 10달러 지폐를 꺼내 그에게 건넸다.

10달러를 받아든 사장은 거스름돈을 건네지 않고 바테이블에 삐딱하게 섰다.

"처음 보는데, 어디서 왔나?"

"한국."

"한국?"

여느 평범한 대화 내용과는 달리 사장의 목소리에는 경계심이 서 있었다.

"한 잔 더."

박현은 술잔을 원샷으로 비운 후, 테이블 위에 10달러 지폐를 올렸다.

사장은 그 지폐를 짧게 쳐다본 후 박현의 잔을 채워주었다.

"무슨 일로 왔나?"

사장은 잔을 다시 건네며 물었다.

"봐야 할 이가 있어서."

사장은 의외라는 듯 박현을 잠시 쳐다보았다.

"흠."

그러더니 묘한 눈으로 박현을 쳐다보았다.

동양인이 이 마을에서 누군가를 찾는다.

그렇다면 그 인물은 단 한 명밖에 없었다.

애자.

이 마을의 수호신이자 전사들의 우두머리.

데니안 우드의 연인이자, 동양의 신.

바로 그녀였다.

그리고 그녀는 이 마을의 든든한 안주인이기도 했다.

"하긴, 그녀를 생각하면 그대 같은 손님이 오는 것도 이상하지 않군."

확실히 친근해진 목소리를 냈다.

주변이 조용했던 탓일까, 아니면 둘의 대화에 귀를 기울이고 있어서일까.

둘의 대화가 부드럽게 이어지자, 조용하던 바 안에 다시 목소리들이 차오르기 시작했다.

"한 잔 더."

박현은 다시 10달러를 테이블 위에 올려놓았다.

이번에는 위스키 한 잔과 잔돈 2달러를 같이 내어주었다.

"……?"

박현이 사장을 보자, 그는 씨익 웃으며 입을 열었다.

"단골은 첫 잔만 팁을 받지. 단골이 될 이는 두 잔까지만 받고."

"어중이는?"

"취할 때까지?"

사장은 어깨를 슬쩍 들어올렸다.

"그렇군."

박현은 술잔을 들어 단숨에 비운 후, 앞에 놓인 2달러 지폐를 다시 사장 쪽으로 밀었다.

"……?"

사장은 자신 앞으로 밀려온 지폐를 보며 의아한 눈빛을 띠었다.

"좋은 술, 석 잔이었어."

박현은 사장에게 씨익 웃은 뒤 몸을 옆으로 돌렸다.

끼익— 텅텅텅—

스윙 도어가 활짝 열리며 한 무리의 사내가 우르르 들어왔다.

가장 앞에 서 있는 이는 데니안 우드였다.

"오랜만이군."

박현이 먼저 인사를 건넸다.

"반갑다는 말은 못 하겠군."

"피차 동감이야."

"여기는 어쩐 일이지?"

데니안 우드가 싸늘한 목소리로 물었다.

"비키자!"

그때 뒤에서 걸걸한 애자의 목소리가 들리더니, 곧 그녀가 사내들을 헤치며 앞으로 걸어나왔다.

"오랜만입니다."

"누님."

애자가 박현을 노려보며 말했다.

"……?"

"누님!"

그러자 애자가 좀 더 큰 목소리로 말했다.

"누님."

박현은 복잡한 애자의 눈빛을 보며 그녀를 '누님'이라

불렀다.

사실 용생구자들 사이에서 가장 친했고, 형제의 우애를 나눈 이는 애자였다.

그리고 애자도 친동생처럼 박현을 대했었고.

"허니."

애자가 데니안 우드를 쳐다보았다.

"둘이 할 말이 있어. 그러니까 자리 좀 비켜줘."

"뭘 비켜? 저 새끼가 무슨 생각으로……."

"알아."

"……."

"나도 알아."

애자는 몸을 돌려 데니안 우드를 쳐다보았다.

"자기를 처음 봤을 때가 떠오르네. 그때나 지금이나 멋지고 사랑스럽고."

애자는 데니안 우드의 뺨을 사랑스럽게 쓰다듬었다.

"달링……."

데니안 우드는 입술을 질끈 깨물며 격한 감정을 애써 억눌렀다.

"사랑해."

"나도."

둘은 격정적으로 키스를 나눴다.

그렇게 수 분.

입술을 뗀 애자는 짓궂게 데니안 우드의 엉덩이를 툭 쳤
다.

"나가."

"돌아와야 해."

"어. 꼭 돌아갈게."

데니안 우드는 박현을 매섭게 노려본 후 다시 애자를 애
타게 바라보며 몸을 뒤로 돌렸다.

애자도 몸을 돌려 바를 나가는 데니안 우드를 슬프게 바
라본 뒤 바 구석 빈 테이블로 향했다.

"여기로 와."

애자는 박현을 불렀다.

"삼촌! 여기 가장 비싸고 좋은 위스키 한 병."

애자는 위스크를 병째 주문했다.

바 사장은 묘한 분위기에 머뭇거리다가 구석에서 먼지가
내려앉은 위스키 병을 꺼냈다.

"에이."

그 병을 보자마자 애자가 혀를 찼다.

"그거 말고. 있잖아."

"야, 야! 그건⋯⋯."

"주라."

애자가 슬픈 눈으로 웃으며 말했다.

그 눈빛에 한참을 침묵하던 사장은 깨끗하지만 낡은 라벨을 가진 병 하나를 구석에서 꺼내들었다.

"무슨 일인지 모르겠다만, 내게 빚진 거다."

"고마워, 삼촌."

"쩝."

사장은 술을 내놓고도 아쉬운 듯 위스키 병을 한참이나 빤히 쳐다본 후에야 몸을 돌렸다.

"오랜만에 짠할까?"

애자는 위스키가 가득 채워진 잔을 들었다.

챙—

술잔을 마주친 둘은 단숨에 비웠다.

그렇게 몇 순배가 돌고, 의미 없는 말 몇 마디가 오갔다.

"현아."

"예."

"내가…… 처음이니?"

애자가 머뭇머뭇거리다가 힘겹게 물었다.

박현은 그런 그녀를 보며 고개를 저었다.

"하아—."

애자는 깊게 한숨을 내쉬며 술잔을 비웠다.

"누군지 물어봐도 될까?"

"폐안, 그리고 도철."

"……."

애자는 묵묵히 빈 잔을 매만졌다.

잠시 침묵을 지키던 애자가 위스키 병을 들어 각자의 잔을 채웠다.

"막잔 하자."

"예, 누님."

"누군가의 앞날을 위하여."

"……누군가의 앞날을 위하여."

챙—

애자와 박현은 복잡한 눈을 마주하며 둘의 마지막 인연을 부딪쳤다.

*　　　*　　　*

둘의 빈 잔이 탁자 위에 내려서고.

"하아—."

애자는 애끓는 한숨을 내쉬었다.

피를 나눴다고 여겼었고, 남매로서 깊은 정을 나누었다.

그 정이 끊어지는 것으로도 모자라 이제는 누군가 하나
는 죽어야 할 상황.

　자신도 마음이 좋지 않은데, 겉보기와 달리 마음이 약한
애자는 어떨까.

　"누."

　애잔한 한숨에 마음이 약해진 박현이 애자를 마지막으로
'누님'이라 부르려 했다.

　"아깝다."

　"……님. 아깝습니……, 예?"

　박현은 무의식적으로 애자의 말을 따라 말하다 말고 의
아한 눈으로 애자를 쳐다보았다.

　"겨우 너를 만났건만."

　애자는 마치 애인의 뺨을 쓰다듬듯 위스키 병을 쓰다듬
었다.

　"너를 끝까지 사랑해주지 못하고 떠나야 하는구나."

　애자가 손가락으로 위스키 병 주둥이를 툭 건드리자, 반
쯤 남은 위스키가 병 안에서 찰랑거렸다.

　"너는 내 예상대로 정말 사랑스러운 아이였어."

　애자는 위스키 병을 꼭 안으며 뺨으로 비볐다.

　"음. ……그쪽이었습니까?"

박현은 묘한 감정이 담긴 목소리로 물었다.

"조용히 해."

그러자 애자가 눈을 흘겼다.

"아직 이별 의식 안 끝났다."

애자는 마치 키스를 끝낸 연인처럼 위스키 병을 바라보았다.

"내 너를 잊지 않을게."

애자는 위스키 병에 코를 가져가 깊게 숨을 들이켜 향을 맡았다.

"하아—."

애자는 매혹적인 향에 짧게 신음을 내뱉었다.

그리고 힘겹게, 힘겹게, 힘겹게.

"삼……."

애자가 위스키 병을 품에서 놓으며 바 사장을 부르자.

후다닥—

검은 그림자가 비호처럼 다가오더니.

탁!

독수리처럼 위스키 병을 낚아채 갔다.

그 그림자의 주인은 바 사장이었다.

"잘 가. 행복해야 해."

애자는 사장 품에 꼭 안긴 위스키 병을 바라보며 눈물을 보였다.

"흡!"

그리고는 이별하는 연인처럼 밖으로 뛰어나갔다.

"푸하하하하!"

"암! 저 위스키라면 그럴 만하지. 이왕 나도 딴 거 한 잔 줘."

"꺼져!"

"뭐?"

"저 쫌생이."

"하하하하하하!"

당황스러울 만큼 어이없는 행동에 다들 뭐가 재미있는지 웃음을 터트렸지만, 단 한 명 박현만은 달랐다.

"후우―."

박현은 깊은 한숨을 내쉬며 자리에서 일어났다.

그리고 다시 왁자지껄한 바를 나갔다.

바 앞은 오가는 차가 보이지 않을 정도로 한산하기 짝이 없었다.

“빅 시스터(Big sister).”

한눈에 보기에도 앳된, 갓 성인이 된 청년이 다가왔다.

“나 기다리고 있었어?”

“휴우—.”

애자의 한숨에는 조금 전과 달리 진짜 슬픈 감정이 담겨 있었다.

“너.”

“왜요?”

“아니야.”

애자는 손을 뻗어 청년의 머리카락을 흐트렸다.

“씩씩하게 잘 커야 한다.”

“무슨 소리를 하는 거예요? 난 이미 어엿한 한 마리 늑…….”

막 신경질을 부리던 청년이 박현을 존재를 알아차리고는 급히 말을 거뒀다.

“어딜 대가리에 피도 안 마른 것이.”

“대가리에 피 마르면 죽거든요.”

“아, 넵~.”

애자는 인중을 쭉 늘어트렸다.

“뭐예요? 그 표정은?”

딱!

애자는 손가락으로 청년의 이마에 딱밤을 놓았다.

"악!"

청년은 아픈 듯 이마를 짚으로 비명을 질렀다.

"엄살은."

"진짜 아프다구요."

"어쨌든, 우리 귀여운 아가아가야. 가서 전해. 손님 맞이한 후에 간다고."

"에이 씨. 대장이 무조건 데리고 오라 했는데."

청년은 난처해했다.

"어쭈 안 가?"

애자는 청년의 엉덩이를 팡팡 쳤다.

"아이, 진짜!"

청년은 다시 신경질적으로 애자의 손을 뿌리쳤다.

"얼른 가세요. 네?"

"알았어요."

청년은 어쩔 수 없다는 듯 뒤로 물러났다.

"늦지 않게 와요."

청년은 박현을 흘깃 쳐다본 후 물러났다.

"가자, 우리도."

애자는 그 자리에서 사라졌다.

'이거 참.'

박현은 애자가 설마 대놓고 마을에서 신력(神力)을 쓸 줄 몰랐던 터라, 곤란하다는 듯 뒷머리를 긁었다.

　하지만 어차피 자신과는 상관없는 땅.

　이내 축지를 밟아 애자의 뒤를 쫓았다.

　애자의 뒤를 쫓아 몇 개의 산을 넘고, 계곡을 지나 드넓은 초지로 이뤄진 분지에 내려섰다.

　분지 가장자리에 자그만 연못이 있어, 사슴 등 여러 동물들이 평화롭게 목을 축이고 있었다.

　"어때?"

　애자가 분지를 돌아보며 물었다.

　"좋군요."

　풍광이 이국적이라 그렇지, 그것만 빼면 매우 평안하고 아늑하게 느껴지는 곳이었다.

　"좋지?"

　애자는 마치 자신의 자랑거리인 양 가슴을 쭉 폈다.

　"내 소원이 죽어서 여기에 묻히는 거였어."

　애자가 환하게 웃으며 품에서 한 바퀴 돌았다.

　"고향은요?"

　"고향?"

　"그래 고향."

애자는 착잡한 듯 고개를 끄덕였다.

"여기가 내 고향이야. 나는 그리 생각해."

애자는 박현을 쳐다보았다.

아주 짧게 슬퍼했지만, 이내 그녀의 표정은 무표정하게 바뀌었다.

"그럼 우리의 연을 끊어볼까?"

화아아아악—

애자의 몸에서 시퍼런 기운이 흘러나왔다.

*   *   *

"나 왔어요. 빅 브라더, 대장."

애자를 기다렸던 청년이 산속 오두막 마당에 들어서며 자신이 왔음을 알렸다.

"달링은?"

지붕 아래 테라스에 놓인 소파에 조용히 눈을 감고 앉아 있던 데니안 우드가 눈을 뜨며 물었다.

"그게 그냥 가라고 하던데요."

청년은 멋쩍은 듯 머리를 긁으며 말했다.

"뭐?"

데니안 우드는 자리에서 벌떡 일어나 소리치듯 되물었다.

"그, 그냥 먼저 가 있으라고."

"그런다고 그냥 와?"

"그럼 어떡해요? 애자 누님이 내가 하자고 해서 할 이도
아니고."

청년은 억울한 듯 변명했다.

"*아우우우우우 — .*"

데니안 우드는 몸을 웅크렸다가 허리를 펴며 하늘을 향
해 하울링을 내뱉었다.

"아우우우우우우—."

"아우우우우우우—."

"아우우우우우우—."

그러자 곁에 있던 동생들이자 수하인 이들이 일제히 하
울링을 터트렸다.

"흐으—."

하울링 끝에 긴 숨을 들이켜는 데니안 우드의 눈이 누런
빛을 띠고 있었다.

"찾아! 당장 찾아라!"

데니안 우드가 명하자, 근처에 있던 십여 명의 청년들이
일제히 늑대로 변해 사방으로 뛰어나갔다.

"……달링!"

데니안 우드의 눈이 일그러지며.

"크르르르르!"

핏물을 머금은 듯한 낮은 울음이 흘러나왔다.

*   *   *

"도, 도철이?"

"이탈리아에 똬리를 튼 집시 마녀회도 함께 무너졌다 합니다."

포뢰의 보고에 비희가 눈을 질끔 감았다.

"박현은? 박현은?"

이문이 따지듯 되물었다.

"아무래도……."

"미국이냐?"

비희가 이를 꽉 깨물며 물었다.

"그런 듯합니다."

다음 목표는 애자였다.

"형님! 제가 당장."

이문이 악에 받친 목소리로 말했지만, 비희가 고개를 저었다.

"네가 미국으로?"

비희는 눈을 떠 이문을 쳐다보았다.

갈 수 없다.

현재 중국과 미국의 사이는 냉전시대를 연상케 할 만큼 급속도로 사이가 안 좋아진 터였다.

비단 그것만이 아니었다.

인간 세상의 흐름이 그러하듯, 미국의 피닉스는 박현과 절대적 우군으로 함께하고 있었다.

비단 그것만인가.

인도와 대만, 그리고 한국, 일본까지.

사방의 신들이 중국을 향해 서서히 이빨을 드리우고 있었다.

그런 와중에 중국을 벗어난다?

그건 곧 나 죽여주십시오, 하는 꼴이나 다름없었다.

박현의 외유는 알고 보니 치밀한 움직임이었다.

"참아라."

비희는 이문만이 아니라 포뢰도 보았다.

"참고, 또 참아라."

콰직!

말은 그리했지만 이문도 화가 치밀어 올랐던지 잡고 있던 탁자 한 부분을 두부 으깨듯 바스러트렸다.

"그놈, 언젠가 이곳으로 온다."

비희는 고개를 돌려 자금성을 쳐다보았다.

"그러려고 우리를 중국 안에 가둬둔 것이야. 까드득!"

북경.

그가 올 것이다.

곧.

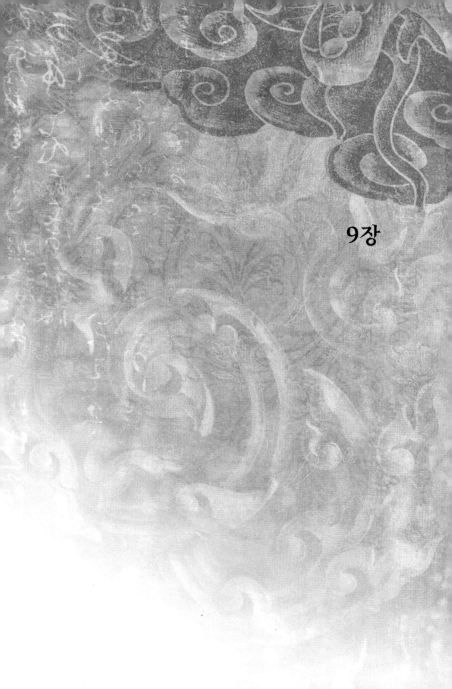

9장

꺄아아아아아아!

삼족오의 장소.

캬우우우우우우!

늑대의 탈을 쓴 애자의 하울링.

그 둘이 허공에서 부딪혔다.

*   *   *

"캬우?"

절벽에서 드넓은 산을 살피던 늑대 한 마리가 희미한 울음에 귀가 팔랑거렸다.

"크르르……."

목을 타고 흘러나오는 울음을 애써 죽이며 청각에 집중하기 시작했다.

꺄아아아아아아!
캬우우우우우우!

팔랑—

희미한 울음이 청각에 잡혔다.

청각에 집중하기 위해 모든 감각을 닫았던 늑대는 눈을 번쩍 뜨며 한 곳을 쳐다보았다.

'천상의 고향.'

그녀가 그리 부르며 참으로 좋아하던 곳.

피크닉 장소는 항상 그곳이었고, 죽어서 묻힐 곳도 그곳이라 했다.

그녀만의 장소이자, 우리들의 장소.

'그곳을 잊고 있었다니.'

늑대, 아니 데니안 우드는 자책했다.

하지만, 그것도 잠시.

'설마!'

데니안 우드는 그녀가 했던 말 하나를 떠올렸다.

"나 죽으면 여기에 묻힐래."

"고향이 아니고?"

"여기가 내 고향이야. 천상의 고향."

피크닉 어느 날이었다.

대화가 흘러흘러 왜 거기까지 간 것인지 모르나, 그녀는
그리 말했었다.

'아니야! 아니야!'

그녀가 일부러 죽으러 그곳으로 가지는 않았을 것이라
스스로를 위로했다.

"아우우우우우우우우!"

데니안 우드는 머리를 곧추세워 울음을 토해냈다.

"아우우우우우우우우우!"

"아우우우우우우우우우!"

“아우우우우우우우우!”
“아우우우우우우우우!”
“아우우우우우우우우!”

그 울음은 산줄기를 타고 흐르고 흘러 다른 늑대들의 울음을 끄집어냈다.
그리고 데니안 우드는, 그곳.
천상의 고향으로 부르는 분지로 달려 나갔다.

“하우우우!”
데니안 뒤로 늑대 한 마리가 붙고, 두 마리가 붙고, 그렇게 붙어 한 무리를 이룬 늑대 떼는 일사불란하게 천상의 고향의 분지로 내달렸다.

*　　*　　*

그그극!
박현, 삼족오의 발톱이 애자의 뱃가죽을 찢었다.

콱!
애자의 날카로운 이빨이 박현의 목을 물어뜯었다.

공격 하나하나가 상대의 목줄을 뜯을 정도로 서슬 퍼랬지만 둘의 싸움에는 그 어떤 살심도 살기도 없었다.

마치 일에 인이 박힌 회사원처럼, 둘은 그저 묵묵히 서로의 목숨만 노릴 뿐이었다.

애자의 배가 갈라지고, 다리가 뜯겼다.

삼족오의 날개가 찢어지고, 발톱이 부러졌다.

푸르던 땅이 그들의 피로 덮여 붉게 변했다.

짙은 죽음이 땅을 뒤덮었다.

그에 한가로이 살아가던 짐승들이 일제히 숨을 죽였다.

"쿠후우우우!"

박현은 부러진 발톱을 다시 세워 애자의 목을 죄며 그녀를 내려다보았다.

"크르르르르!"

애자는 그의 날개를 발톱으로 찍은 채 박현을 올려다보았다.

"후욱—, 후욱—."

"하악—, 하악—."

둘은 서로를 바라보며 거친 숨을 몰아쉬었다.

아주 짧은 휴식.

서로를 향한 눈빛에 어떤 감정도 없었다.

아니 있었다.

슬픔, 그리고 괴로움.

『야, 막내.』

애자는 눈을 부라리며 박현을 불렀다.

과거 형제의 연이 이어지던 여느 때처럼.

『왜요?』

이 와중에도 변하지 않은 그녀의 말투에 조금은 퉁명스럽게 말을 받았다.

『넌 멀었어.』

『…….』

『왜 이리 못나게 몸에 상처를 새겨?』

그 상처를 입힌 게 애자였건만, 그녀는 박현을 타박했다.

『이미 끊어진 연이고, 누군가는 죽어야 끝날 싸움이야.』

타닥—

박현이 입술을 깨문다고 깨물자, 삼족오의 진신은 그저 부리만 두어 번 부딪힐 따름이었다.

『독기가 그리 없어서 어째?』

『…….』

『이제 나도 쉬자. 많이 아프다.』

애자의 말처럼 그녀가 숨을 좀 크게 쉬자 목에서 가래 끓는 듯한 소리가 검은 핏물과 함께 입 밖으로 흘러나왔다.

『다 쉬었지?』

애자가 물었다.

물론 대답은 없었다.

『그럼 다시 간다. 그리고 끝내.』

애자는 흘러나오는 피와 가래를 삼키며 다시 크게 숨을 들이켰다.

캬오오오오오오!

애자는 다시금 하울링을 터트리며 박현의 목을 물어뜯어 갔다.

＊　　　　＊　　　　＊

"쿠후— 쿠후—."

데니안 우드는 뜨거운 김을 내뿜으며 달리고 또 달렸다.

'조금만! 조금만!'

천상의 고향으로 달려갈수록 거대한 기운이 선명하게 느껴졌다.

파바박— 파박!

데니안 우드는 더욱 힘차게 땅을 박찼다.

쿵— 쿵— 쿵—

두 기운이 부딪힌다.

그 힘이 좀 더 선명해지자, 데니안 우드의 털이 바싹 섰다.

자신이 감당하기 힘들 정도로 엄청난 힘의 충돌이었기 때문이었다.

"끼이잉—."

아니나 다를까.

본능적으로 겁을 먹고는 힘이 약한 어린놈들의 꼬리가 슬슬 말리는 게 아닌가.

"캬홍."

《대장.》

《기운을 견디지 못하는 아이들은 놔두고 간다. 붙을 놈만 붙어!》

데니안 우드는 그렇게 다시 달렸다.

쾅— 쾅— 쾅!

기운의 충돌이 기감만이 아니라 몸으로, 그리고 귀로도 들릴 정도로 확연해졌다.

그 기운을 뒤집어쓰자 털이 쭈뼛 서는 정도가 아니었다.

모골이 송연해질 정도였다.

자신의 왼팔, 오른팔 두 녀석도 서서히 겁을 느낀 듯 바싹 섰던 털이 가로누웠다.

아마 보지는 못했지만 아마 자신도 그다지 다르지 않을까 싶었다.

결국 데니안 우드는 걸음을 멈췄다.

한시가 바쁜데 걸음을 멈추자, 다른 늑대들이 의아해하며 그를 쳐다보았다.

《모두 들어.》

데니안 우드는 자신을 따르며 달려온 늑대들을 보았다.

《여기부터 나 혼자 간다.》

"아우우우!"

《대장, 그게 무슨 말이야! 혼자라니!》

《우리는 자랑스런 늑대들의 후손이야. 어느 늑대가 홀로

움직여?》

"크르르르!"

《살아도 함께, 죽어도 함께!》

늑대들이 중구난방을 떠들었다.

하지만 그들이 하는 말은 단 하나.

같이였다.

쾅! 쾅!

폭음이 터질 때마다 수하들이 동생들이 움찔거렸다.

기운에 휘말린다는 뜻.

《나 개인의 일이다.》

《밥 챙겨주는 누님을 위한 일이지요.》

《술 그만 먹으라고 잔소리하는 누님을 위한 일입니다.》

《누님의…….》

《누님이…….》

늑대들은 저마다 자신의 일이라도 떠들어댔다.

데니안 우드는 그들의 마음 씀씀이에 피식 웃음을 내뱉었다.

물론 애자에 대한 그들의 마음 또한 담겨 있으리라.

《그래, 가자. 다만!》

데니안 우드는 늑대들을 일일이 쳐다보았다.

《힘이 부족하다 싶으면 언제든지 낙오해라. 목숨은 나 혼자 건다. 알았어?》

"아우우우우우우우우우!"

"아우우우우우우우우우!"

"아우우우우우우우우우!"

늑대들은 울음으로 화답했다.

그 순간.

콰아아앙!

거대한 폭음이 터졌다.

그리고 팽팽하던 두 기운 중 하나가 빠르게 사그라지고 있었다.

《……!》

데니안 우드의 눈이 부릅뜨며 고개를 돌렸다.

불안감이 폭탄처럼 터졌다.

'애, 애자!'

데니안 우드는 젖 먹던 힘까지 쥐어짜며 다시 달려 나가기 시작했다.

"크륵! 크륵!"

단내가 날 정도로 달리고 달렸다.

그리고 마침내 분지가 보였다.

푸르던 분지가 붉은 페인트를 뿌려놓은 것처럼 붉었다.

코끝을 찌르는 혈향.

피냄새였다.

그리고 짙은 죽음의 기운이 느껴졌다.

'애, 애자!'

인간의 모습을 돌아온 데니안 우드는 빠르게 분지를 살폈다.

그때였다.

"아아아아아악! 으아아아아악!"

고함인지 울음인지 모를 소리가 귀를 파고들었다.

그 소리를 따라 눈길을 주니.

박현이 애자를 부둥켜안은 채 울부짖고 있었다.

축 늘어진 애자의 시신을 꼭 끌어안은 채.

그리고 폭발했다.

분노가.

"박혀연!"

데니안은 늑대로 변해 분지로 뛰어 내려갔다.

"캬르르르르, 캬후우우우우!"

격노에 찬 울음이 그렇게 터졌다.

＊　　　＊　　　＊

"캬후우우우우!"

"아우우우우우!"

"크르르, 아우우우!"

여섯 마리의 늑대가 가파른 초지를 달려 분지 안으로 내 달렸다.

그들의 목표는 애자를 죽인 자.

박현.

＊　　　＊　　　＊

죽었다.

그녀가 자신의 손에.

자신이 죽인 게 아니었다.

차마 그녀의 목숨을 끊지 못하고 마지막 힘을 거둘 때,

그녀는 스스로 뛰어들어 목숨을 끊었다.

"왜 그랬습니까?"

박현은 자신의 품에서 축 늘어져 있는 애자를 내려다보며 물었다.

눈물은 흐르지 않았다.

다만 눈에 핏발이 붉게 들어설 뿐.

"아우우우우우!"

"크르르르, 컹컹컹!"

"캬우우우우!"

그때 늑대 울음소리가 박현을 덮쳤다.

"좋겠소. 누님은."

박현은 자신을 향해 달려오는 늑대들을 느끼며 말했다.

"이리 분노해 줄 이가 있어서."

박현은 애자의 시신을 조심스럽게 내려놓으며 자리에서 일어났다.

그리고 늑대 떼를 향해 몸을 돌렸다.

"카앙!"

한 마리 늑대가 몸을 날려 박현의 목을 물어갔다.

박현은 슬쩍 옆으로 걸음을 피하며 늑대를 부드럽게 옆

으로 밀었다.

부드러운 움직임이었지만 그 힘은 결코 가볍지 않았다.

투웅—

부드러운 힘이 폭발하듯 늑대를 밀어내자, 십여 미터를 날아갔다.

땅에 처박힌다 싶었지만, 늑대는 재빨리 몸을 틀어 바닥으로 내려섰다.

"크르르르르르."

그렇게 박현을 향해 살기를 드러낸 건 데니안 우드였다.

그리고 박현을 중심으로 또 다른 늑대들이 에워쌌다.

"데니안."

박현은 다시금 자신을 향해 다가오는 데니안 우드를 바라보며 그를 불렀다.

《어디 그 입에서 내 이름을 부르는 것이냐! 그 입 다물어라!》

데니안 우드는 분노를 표출했다.

"너도 슬프겠지만, 본인도 슬프다."

《닥쳐!》

"그러니 조용히 돌아가라. 아니 본인이 가야겠군."

데니안 우드는 박현의 슬픈 감정을 느끼자 당혹스러운

듯 움찔거렸다.

"조용히 돌아가지. 그리고……."

박현은 고개를 돌려 애자의 시신을 쳐다보았다.

"……누님의 마지막을 부탁하지."

박현은 데니안 우드를 다시 바라보며 말한 후, 몸을 돌렸
다.

축지로 벗어날 수 있을 법도 하건만.

처벅 처벅 처벅—

박현은 처연하게 제 걸음을 걸으며 분지를 빠져나갔다.

"크르르르르르르르!"

데니안 우드의 입술이 씰룩씰룩 거리더니 결국 더 큰 분
노를 드러냈다.

"커커엉!"

데니안 우드의 몸에서는 신력의 아지랑이가 피어났다.

그 아지랑이는 살기를 머금었고, 박현을 향해 쏘아져 나
갔다.

파바박!

발톱으로 땅을 헤집으며 달려간 데니안 우드는 박현의
목을 물어갔다.

동시에 다른 다섯 마리의 늑대들도 일제히 몸을 날려 박현의 몸 곳곳을 물어갔다.

"후우—."

짙은 살기에 박현은 한숨을 내쉬었다.

박현은 축지를 밟아 뒤로 4~5m쯤 뒤로 물러났다.

콱! 콱! 콱—

박현이 서 있던 곳에 여섯 마리의 늑대들이 허공을 깨물며 엉켰다.

그래도 무리의 대장이라고, 데니안 우드는 가장 먼저 박현의 기운을 포착하며 다시 몸을 날렸다.

박현은 그런 데니안 우드를 향해 손을 들어올렸다.

쿵!

묵직한 힘이 그를 잡아 밀어냈다.

"본인의 인내심을 시험하지 마라. 데니안."

박현의 무심한 눈에 냉기가 머금어졌다.

《닥쳐! 이 새끼야!》

"커헝!"

데니안 우드는 바닥에 발이 닿자마자 다시 박현을 향해 달려들었다.

그에 눈매가 가늘어진 박현이 기운을 쏘아 데니안 우드

를 휘감았다.

그리고 뒤집었다.

쿠웅!

그러자 데니안 우드는 허공에 붕 뜨더니 뒤집어진 채 바닥에 처박혔다.

거기에 박현이 손가락을 까딱거리자, 데니안 우드는 무형의 힘에 잡혀 박현 앞으로 끌려왔다.

박현은 쪼그려 앉으며 데니안 우드를 내려다보았다.

"데니안. 본인이 마음이 너그러워 그대를 살려두는 게 아니다."

"크르르르르."

"너마저 죽이면 저승에 있을 누님이 너무 슬퍼할 것 같아 그러는 거야."

박현은 데니안 우드를 잠시 내려다본 후 자리에서 일어났다.

"휴우—."

슬픔이 담긴 한숨을 내뱉은 박현은 데니안 우드를 짓누르는 기운을 거두며 몸을 돌렸다.

그렇게 일이 끝나기를 바랐건만.

"크르르, 커헝!"

데니안 우드는 아니었나 보다.

그는 짓누르는 힘이 사라지자마자 박현의 뒷목을 향해 달려들었다.

쾅!

지금까지와는 다른 폭음이 터졌다.

"깨갱―."

데니안 우드는 짧은 신음을 내뱉으며 바닥에 처박혔다.

그리고 그게 시작이 되고 말았다.

"크르르르, 커컹!"

"아우우우!"

늑대들이 다시금 박현을 향해 달려들었다.

"미안하오, 누님."

박현이 하늘을 올려다보았다.

그런 그의 몸 주변으로 시퍼런 기운이 칼날처럼 휘몰아치기 시작했다.

"나 할 만큼 했습니다. 대별왕께 신언을 올려 오순도순 살게 해드리죠."

박현의 눈이 잠시 감겼다가 다시 떠졌다.

번쩍!

시퍼런 기운이 터져나왔다.

그리고 그의 몸에서 살기가 어린 기운이 폭사되기 직전
이었다.

휘이이이잉—

부드러운 바람이 불어 박현의 난폭한 기운을 달랬다.

그 바람은 늑대들을 휘감아 뒤로 물렸다.

박현은 눈매를 가늘게 만들며 한 곳을 쳐다보았다.

그곳에는 아무도 없었다.

하지만 박현은 그곳에서 한 인물을 찾아냈다.

"오랜만입니다."

박현이 빤히 쳐다보자 바람 속에서 한 인물이 모습을 드
러냈다.

그는 황토의 위대한 정령, 마이클이었다.

"진짜 이해가 안 돼."

박현은 마이클을 보며 고개를 절레절레 저었다.

그는 이미 보고 있었다.

미국에 들어서는 순간, 마이클의 바람을 느꼈다.

애자와의 일은 그렇다 하여도, 적어도 이리 나설 것이면
진작에 나서는 게 좋지 않았을까.

더욱이.

박현의 시선이 짧게 늑대들에게로 향했다.

그가 보듬어 주어야 할 아이들이라면 더더욱.

박현이 손을 까딱거리자, 마이클의 신형이 사라지고 박현 앞에 다시 모습을 드러냈다.

그의 현신은 허상이었다.

하지만 진신이기도 했다.

그저 육신에게서 벗어난 상태일 뿐.

그는 애초에 바람이었으니까.

"단순히 이들을 살리러 온 건 아닌 모양이군."

박현은 바람에 흔들리는 그의 허상 뒤에, 실오라기처럼 스쳐 지나가는 배경을 보았다.

그 배경을 외우고 외워 합치자, 묘한 장소가 보였다.

"피닉스랑 같이 있군."

그 말에 마이클의 눈이 살짝 커졌다.

"피닉스가 뭐라고 전하라고 했던가?"

"……."

마이클이 잠시 입을 닫더니.

"잠시 들렀다 가시랍니다."

"그래? 알았어. 내 잠시 들르지."

박현은 묘하게 대치하고 있는 늑대 떼들을 쳐다보았다.

짧게 그들에게 시선을 준 박현은 땅을 굴려 축지를 밟아 그 자리에서 사라졌다.

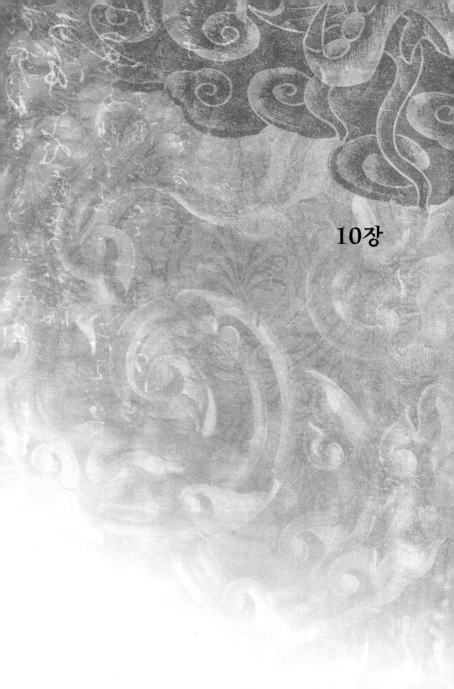

10장

캠프데이비드.

푸른 잔디가 깔린 마당에 하얀 테이블과 파라솔.

그 아래 피닉스와 황토의 위대한 정령, 마이클이 함께 앉아있었다.

피닉스는 위스키를 즐기고 있었고, 마이클은 긴 인디언 전통의 파이프 담배를 입에 물고 있었다.

"이 봐. 마이클."

"예."

"언제까지 레드 아래에 있을 거야?"

피닉스는 위스키 잔을 돌리며 물었다.

"아시면서 다시 묻는 것입니까?"

"생각해 봐라. 미국 땅에 살면서 영연방 소속이라니. 좀 거시기하지 않냐?"

피닉스는 마이클을 보며 물었다.

"정확히는 북미입니다. 미국도 고향이지만 캐나다도 고향이지요."

"그래서?"

"다시 물으셔도 제 대답은 똑같습니다."

마이클은 느긋하게 담배 연기를 내뱉었다.

"너 진짜 죽는다."

"예. 죽겠지요."

마이클은 하늘을 올려다보며 담배 연기를 쭉 빨아들였다.

"그때 내 조상들이 죽었던 것처럼. 자연을 사랑하는 힘없는 종족의 운명 아니겠습니까?"

"새끼, 진짜."

"그리 볼 것 없습니다. 여전히 우리 종족은 죽어가고 있으니까요. 말도 죽어가고, 혈통도 죽어가고. 어차피 죽어가는데 조금 일찍 죽어도 별반 다를 게 있을까 싶습니다."

마이클은 부드러운 눈웃음을 지으며 마이클을 쳐다보았다.

"진짜 이걸 확 죽여 버릴 수도 없고."

피닉스가 인상을 확 찌푸리며 술을 단숨에 비웠고, 마이클은 애초에 대화가 없었던 것처럼 고즈넉하게 담배 연기를 내뿜었다.

"진짜, 계속 이럴 거야?"

"……."

마이클은 대답을 하지 않았다.

"진짜 죽여버……."

"손님이 오셨군요."

피닉스가 협박을 하든 살기를 내뿜든 아랑곳하지 않고 있던 마이클이 자리에서 일어났다.

그러자 바람 한 줄기가 불어왔고, 그 안내에 따라 박현이 모습을 드러냈다.

"으아! 피곤하다."

박현은 기지개를 켜며 다가왔다.

"왔냐?"

피닉스가 인사를 건너는데.

박현은 그 인사보다 위스키가 먼저였나 보다.

빈 잔 하나를 뒤집어 위스키를 따른 박현은 그저 피닉스에게 손을 살짝 들어 인사를 대신하며 위스키를 쭉 비웠다.

"크!"

그렇게 짙은 주향을 내뱉은 박현은 품에서 담배를 하나 꺼내 입에 물었다.

"후우—."

그렇게 한 모금 마신 박현은 굳은 표정을 조금 풀어냈다.

"속이 많이 안 좋은 모양입니다?"

마이클이 물었다.

"좋을 리가 있을까?"

박현은 위스키가 조금 부족했던지 다시 잔을 채우고 비웠다.

"후우—."

숨을 크게 내쉬는 박현에게로 의자 하나가 주르르 당겨 왔다.

"본인을 보자고 했다고?"

털썩 주저앉듯 앉은 박현은 피닉스를 바라보았다.

거침없는 박현의 행동에 피닉스가 눈살을 찌푸렸다.

"이놈이나, 저놈이나."

"놈?"

박현이 눈썹을 살짝 치켜세웠다.

"지금 몹시 기분이 안 좋다. 오늘만이라도 말 가려."

박현이 가시를 세웠다.

"하?"

피닉스는 기가 막힌 듯 짧은 신음을 터트렸다.

"이 새끼들이, 보자 보자 하니까."

구르르르— 콰르!

피닉스 주변으로 땅이 마치 물이 끓어오르듯 들썩거리기 시작했다.

"힘 자랑? 좋지."

박현이 씨익 웃으며 기운을 끌어올렸다.

하지만 힘의 방향은 피닉스와 반대였다.

쿵!

박현의 기운이 무거운 중력처럼 땅을 짓누르자, 들썩들썩 끓어오르던 땅이 고르게 가라앉았다.

물이 막 끓기 직전을 아는가?

보글— 보글—

물 표면에 군데군데 끓어오르려는 열과, 끓지 못하게 하려는 차가운 공기가 만나 물방울을 터트린다.

지금 박현과 피닉스가 마주 앉아 있는 땅이 그러했다.

푸석— 푸석— 퍼석!

다만 다른 점이 있다면 땅거죽이 툭툭 터진다는 것일 뿐.

사방에 공기가 무겁게 내려앉자, 마이클은 불편한 듯 멀

찌감치 피한 지 오래였다.

타다닥 타다닥—

피닉스는 손가락으로 팔걸이를 때리며 박현을 쳐다본 채 고민에 잠긴 모습이었고, 박현은 이 힘겨루기가 자신의 일이 아닌 양 그저 위스키 한 잔을 더 따라 마셨다.

탁—

박현이 빈 위스키 잔을 탁자에 내려놓자.

주변의 기운이 순간 출렁거렸다.

"언제까지 할 거지?"

그리고 물었다.

"……"

피닉스는 손으로 턱을 괴며 박현을 쳐다보았다.

"본인이 말했지. 지금 몹시 기분이 좋지 않다고."

박현은 위스키 잔을 바닥에 툭 던졌다.

그리고 무릎을 팔을 얹으며 몸을 피닉스를 향해 내밀었다.

"이 새끼가, 진짜 보자 보자 하니까."

피닉스는 팔걸이를 때리던 손가락을 접으며 씨익 웃었다.

"피차 마음이 통했군. 본인도 화풀이가 필요한 참이었는데."

박현도 그 웃음에 맞춰 씨익 하얀 이를 드러냈다.

쾅!

박현이 앉아 있던 자리에서 폭발이 일었다.

붉은 화염이 치솟는 순간.

콰앙!

피닉스가 앉아 있던 자리가 짓뭉개졌다.

＊　　　＊　　　＊

퍼엉—

화염이 터지고.

콰르르르—

땅거죽이 헤집어지고.

솨아아아—

태양의 빛이 모든 것을 녹여낼 때.

"하암—."

멀찌감치 떨어져 있던 마이클은 하품을 길게 하며 그 자리에서 바람처럼 흩어져 사라졌다.

그리고 그가 사라진 곳, 하늘.

두 마리의 거조가 서로를 바라보고 있었다.

불의 새, 피닉스.

태양의 새, 삼족오.

『이 기회에 서열을 확실하게 해둘 필요가 있겠군.』

피닉스.

『안 그래도 신경이 살짝 거슬렸는데, 겸사겸사 화풀이를 그대에게 하면 되겠군.』

박현이 피닉스의 말에 콧방귀를 뀌며 다시금 기운을 내뿜었다.

시야를 잃을 만큼 빛이 새어 나오자, 피닉스는 세상의 모든 걸 다 집어삼킬 듯한 불을 내뿜었다.

빛과 불이 만나자, 주변의 초록의 식물들이 누렇게 타들어가기 시작했다.

그리고 둘은 동시에 날갯짓을 하며 서로를 향해 달려들었다.

*   *   *

"형님, 이대로 가만 있을 참이십니까?"

이문이 화를 겨우겨우 억누르며 물었다.

"하고 싶은 말을 해."

비희가 눈을 감은 채 말했다.

"우리가 이 땅에서 나갈 수 없다면 이 땅을 넓혀야지요."

"……."

"형님이 그러셨지 않습니까? 중국몽!"

이문의 비토에 비희의 눈이 번쩍 떠졌다.

"일단 홍콩부터 병합한다."

비희의 눈이 포뢰 공복, 금예에게로 향했다.

"예, 형님."

포뢰가 대표로 대답했다.

"이문아."

"예, 형님."

"너는 대만을 취해라."

"그리합지요."

이문이 이를 꽉 깨물며 대답했다.

"초도, 너는 이들의 길을 터주고."

"예."

"박현이 죽는 날, 우리는 세상을 향해 나아갈 것이다. 홍콩과 대만을 삼키는 것처럼."

비희가 주먹을 꽉 말아쥐었다.

"이제 아버지의 그림자를 좇으며 살지 않을 것이다. 아버지의 자식들이 있었음을, 세상에 알릴 것이다."

"명!"

"명!"

"명!"

살아남은 용생구자의 형제들이 일제히 복명했다.

*   *   *

태양이 뜨거울까, 아니면 태양의 빛이 더 뜨거울까.

불도 빛도 어차피 태고부터 전해져온 태고의 힘이었다.

콰드드득!

삼족오가 발톱으로 찢은 상처는 열기에 녹은 듯, 열상으로 가득했고.

카그그극!

피닉스의 부리가 찢은 삼족오의 상처는 불에 지져진 듯 화상으로 덮였다.

"캬하아아아아아!"

"꺄하아아아아아!"

하지만 둘은 서로의 상처에도 아랑곳하지 않고 장소를

터트리며 부딪혀갔다.

그렇게 빛과 불이 부딪혔다.

＊　　　＊　　　＊

빛과 불.

불과 빛.

불은 빛을 태울 수 없었고, 빛은 불을 더 태울 수 없었
다.

그런 힘들이 부딪혔다.

"캬하아아아아아!"

"꺄하아아아아아!"

상처 입은 두 맹수가 날개를 펄럭이며 서로를 노려보고
있었다.

둘 모두, 온몸에 상처가 가득했다.

하지만 보이는 것과 달리 둘은 중상을 입지 않았다.

그저 얕은 상처만 빼곡할 뿐.

『이 새끼, 진짜 죽여 버리겠어.』

피닉스는 몸에 난 상처에 자존심이 크게 상한 듯 더욱 짙은 살기를 내뿜으며 몸을 부풀렸다.

"꺄하아아아아아!"

입에서 화염의 브레스가 대포처럼 쏘아져 나왔다.

"캬하아!"

박현은 날개를 접어 팽이처럼 회전하며 오히려 화염의 브레스 안으로 뛰어들었다.

그리고 화염이 박현의 몸을 덮치는 순간, 그의 몸에서 은은한 태양빛이 뿜어져나왔다.

태양의 빛으로 갑옷을 삼은 박현은 화염의 브레스를 빠져나와 피닉스 앞에 날개를 활짝 펼쳤다.

화락!

날갯짓 한 번에 섬광이 터지듯 태양빛이 터졌다.

번쩍!

그 빛은 찰나지만 피닉스의 시야를 암전으로 만들 수 있었다.

찰나의 틈, 공백.

박현은 그 틈을 파고들었다.

빠르게 두 다리를 뻗어 피닉스의 날갯죽지를 낚아채 갔다.

『이 새끼, 어디 하찮은 수를!』

퍼엉!

피닉스의 몸에서 불의 폭발이 일었다.

동시에 날개를 거두며 몸을 비틀어 박현의 발톱을 피했다.

그 찰나가 끝나고.

눈을 뜬 피닉스는 여전히 자신의 날갯죽지를 낚아채려는 박현의 발톱에 맞서 자신의 발톱을 세웠다.

『훗!』

피닉스가 조소를 머금는데.

히죽.

박현이 비릿한 웃음을 지었다.

『……?』

섬뜩한 불길함이 그의 머릿속을 스침과 동시에, 그의 눈앞을 가득 채우는 그림자가 있었다.

세 번째 발.

그리고 발톱.

그 발은 피닉스의 목을 그대로 움켜쥐었다.

콰득— 콰드득!

박현은 천천히, 하지만 느리지 않게 발톱을 피닉스의 살갗으로 밀어 넣었다.

『건방진 새끼.』

목 안으로 발톱이 파고드는데도 피닉스가 히죽 웃었다.

피닉스가 그랬던 것처럼 박현도 순간 서늘함을 느꼈다.

그리고 두 눈이 마주한 순간, 피닉스는 맞잡은 박현의 발을 품으로 끌어당겼다.

펄럭!

그것으로도 모자라 피닉스는 날개를 활짝 펼쳐 박현을 안 듯 감쌌다.

『크크크, 어디 이것도 버텨봐라.』

박현은 한순간 끓어오르는 열기를 느꼈다.

그 발화점은 피닉스.

콰과과과과광!

그리고 섬광이 터지듯 붉은 불길이 터지는가 싶더니 지옥불이 아닐까 싶을 정도로 엄청난 열이 박현을 휘감았다.

화르륵— 화아—

윤기가 흐르던 검은 깃털이 화염에 서서히 녹아내리기 시작했다.

『흐흐흐흐흐!』

피닉스는 자신의 품에서 녹아내리는 박현을 보며 득의양양한 웃음을 내뱉었다.

『윽!』

박현은 몸이 녹아내리는 와중에 피닉스의 목을 더욱 강하게 틀어쥐었다.

상당한 압박감에 피닉스의 눈가가 꿈틀거렸다.

『그대는 본인을 잘 몰라.』

박현도 피닉스를 더욱 강하게 품으로 당겼다.

'다, 당겨?'

죽어가는데 더 죽겠다고 자신을 당겨?

미치지 않고서야.

『일단 겉은 안 타고.』

그러는 와중에 박현은 고통을 못 느끼는 듯 느긋한 목소리로 입을 열었다.

『내장은 어떤지 볼까?』

박현의 말에 피닉스의 몸이 순간 움찔거렸다.

『그런 거 있잖아.』

박현은 피닉스를 쳐다보며 웃었다.

『독사도 제 독에는 죽지. 복어도 제 독에 죽어. 하지만 죽지 않는 건 독이 오로지 피와 살로 가지 않기 때문이지.』

『……』

미세하지만 피닉스의 동공이 흔들렸다.

히죽.

그리고 박현은 그 흔들림을 보았다.

『한국에는 이런 말이 있어. 살을 내주고 뼈를 취한다.』

흡— 하고 박현의 가슴이 부풀어 올랐다.

"캬하아아아아악!"

그리고 섬뜩하리만큼 포효하자, 몸에서 피닉스의 열기에 뒤지지 않을 열기를 담은 태양빛이 스며나왔다.

그 빛은 얇게 얇게, 아주 얇게 쪼개지며 수십 수백 수천의 칼날이 되었다.

사사사사삭!

그 빛의 칼날은 피닉스의 몸을 베고 또 베었다.

하지만 단단한 피닉스의 깃털로 인해 살갗은 좀처럼 베어지지 않았다.

그러나 피닉스의 표정은 서서히 굳어져만 갔다.

그도 그럴 것이.

서걱!

깃털 하나가 결국 베이고 베여 잘려나간 것이었다.

그리고 그건 시작이었다.

서걱— 서거거걱!

베인 깃털 하나는 둘이 되고, 넷이 되고, 여덟이 되었다.

깃털이 잘린 다음은 살갗이었다.

서걱— 서걱— 서거걱!

그의 살갗도 그 칼날을 이겨내지 못하고 조금씩 흠집이 나더니 베어가기 시작했다.

『자! 이제부터는 진정한 시간 싸움이군.』

박현은 자신의 날개를 피닉스의 날갯죽지 밑으로 밀어넣어 껴안았다.

그리고 그의 얼굴 앞으로 얼굴을 바투 가져갔다.

『본인의 몸이 녹나, 그대의 살갗이 베어져 타오르나.』

『미, 미친…….』

박현의 광기에 피닉스는 질린 듯 박현을 쳐다보았다.

『고작 그 정도 다짐도 없이 본인을 향해 이빨을 들이민 것인가! 앙?』

박현의 목소리는 쩌렁쩌렁하게 하늘을 울렸다.

그에 피닉스의 눈매가 가늘어졌다.

『너 진짜 죽어.』

피닉스의 말처럼 피닉스가 입는 상처보다 박현이 입는 상처가 더 빠르고 중했다.

『그래서?』

『그래서라니?』

『본인이 죽으면 그대도 죽어.』

『…….』

『자네의 목을 노리는 이들이 많지 않나? 예를 들면 러시아의 쌍독수리라든가.』

『이, 이 새끼!』

팡!

피닉스는 둘 사이에 엄청난 폭발을 일으키며 그를 밀어버렸다.

박현은 날개를 활짝 펼쳐 하늘에서 균형을 잡았다.

츠흐ㅇㅇㅇ—

박현, 삼족오의 몸에서 검은 연기가 피어났다.

날갯짓 한 번에 타버린 깃털이 숭숭 부서져 내렸다.

주르르르— 뚝뚝—

피닉스의 상태도 그다지 좋지 못했다.

온몸에 피칠한 피닉스는 피를 꾸역꾸역 흘리고 있었고, 군데군데 자신의 열기에 입은 화상이 보였다.

하지만 피해는 박현이 더 컸다.

병든 닭처럼 깃털은 빠지고 빠진 자리의 피부는 녹아내

려 있었다.

　누가 봐도 피닉스의 미세한 우위.

　허나 피닉스는 다시금 박현에게 덤비지 못했다.

　죽음.

　그의 평생 두 번째 죽음을 떠올린 것이었다.

　『이 새끼…….』

　피닉스는 박현을 보며 이를 갈았지만, 그게 끝이었다.

　낙인처럼 찍힌 죽음의 공포.

　이제는 느끼지 않으리라 했던 그 공포.

　"피닉스."

　박현은 인간의 모습으로 돌아가며 그를 불렀다.

　"경고는 이걸로 마지막이다. 다음번에는 진짜 그대 아니면 본인이 죽는 결과를 가져올 거야."

　인간의 모습으로 변한 박현의 모습은 그다지 좋지 못했다.

　화상 자국이 온몸에 가득했기 때문이었다.

　"쯧."

　박현은 이 와중에서 저 멀리 꼿꼿하게 서 있는 집사를 손짓으로 불렀다.

하지만 그는 오지 않았다.

팡!

"꺽, 꺽."

박현이 손을 뻗자, 그의 몸이 한순간 빨려와 목줄이 잡혔다.

"본인이 말이야. 심기가 안 좋아. 그러니 눈치 있게."

턱—

박현은 그의 목을 풀었다.

"가지고 있는 치료제 하나 내놔."

집사는 목을 붙잡은 채 일어나며 피닉스의 눈치를 살폈다.

"하나 내줘."

인간의 모습으로 돌아간 피닉스의 몰골도 가히 좋지 않았다.

명이 떨어지자 집사는 자그만 가죽 주머니에서 어떤 상처도 낫게 한다는 마탑의 비전, 힐링 포션 2병을 꺼내 박현과 피닉스에게 건넸다.

"호오—."

박현은 짙푸른 색에 나직이 감탄사를 터트렸다.

"이 정도 색이면 최상급 아닌가?"

박현이 묻는 사이, 피닉스는 대답도 없이 힐링 포션을 쭉 마셨다.

　"흥."

　무시에 가까운 행동에 박현은 코웃음을 치며 힐링 포션을 단숨에 마셨다.

　쏴아아아아아―

　뜨거운 여름, 시원한 폭포에 뛰어들었을 때의 느낌이 이럴까.

　청량한 기운이 자연 속 만물의 기운을 끌어당겨 그의 몸을 보듬었다.

　그리고 서서히 그의 몸이 빠르게 아물어갔다.

　"후우― ."

　치료가 끝나고, 박현은 피닉스를 쳐다보았다.

　"서열 정하자고 부른 건 아닐 테고, 보자 한 이유는?"

　그 말에 피닉스의 표정이 구겨졌다.

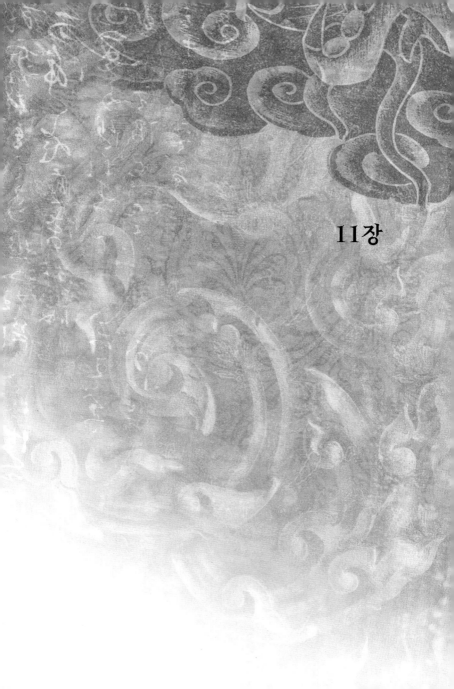

11장

집사가 차와 다과를 다시 내어왔다.

"쯧—."

홍차를 들던 피닉스는 엉망이 된 정원을 슬쩍 바라보며
마음에 안 든다는 듯 혀를 찼다.

"하아, 개운하군."

박현이 수건으로 머리에 묻은 물기를 닦아내며 파라솔
아래로 걸어와 빈 의자에 걸터앉았다.

"역시 피곤할 때는 뜨거운 물로 몸을 지지는 게 최고야."

"그건 샤워타올이 아니라, 핸드타월이야."

피닉스는 그 행위에 미간을 찌푸렸다.

"그래서?"

대충 머리를 말린 박현은 또 다른 빈 의자에 수건을 대충 툭 던진 후, 얼음물을 시원하게 한 잔 마셨다.

"피닉스."

"……?"

"우리가 언제 그런 거에 얽매여 살아간다고. 그대도 그대의 행동이 곧 질서 아닌가?"

"……."

"시비를 걸 거면 확실하게 걸고, 아니면 말아."

"끄응!"

박현의 경고에 피닉스는 앓는 소리를 삼켰다.

"그래, 왜 불렀지?"

시원한 속을 달랜 박현은 따뜻한 홍차를 입으로 가져가며 물었다.

"중국."

"중국?"

"정확히는 용생구자. 중국 쪽 분위기가 갑자기 안 좋아졌어."

"어떻게?"

"대만하고 홍콩, 그리고 신강. 일단 미 CIA쪽에서는 영토 확장을 시도하는 거라 판단한다더군."

"영토 확장이라."

박현은 찻잔을 내려놓았다.

"뭐 상관있나?"

"……?"

피닉스가 의아해하며 박현을 쳐다보았다.

"수일 안으로 중국으로 갈 거야."

피닉스의 동공이 살짝 커졌다.

"본인이 이기면 자연스레 정리가 될 거고."

박현은 피닉스를 빤히 쳐다보았다.

"본인이 져 소멸된다면, 이후의 일은 본인이 알 바가 아니지."

씩 웃은 박현은 찻잔을 비운 후 자리에서 일어났다.

"피닉스."

박현은 몸을 돌리다 말고, 피닉스를 내려다보았다.

"왜?"

"짧았지만, 그래도 재미있었다."

"뭐?"

"볼 수 있으면 또 보자고."

팡―

박현은 축지를 밟아 그 자리에서 사라졌다.

"망할 새끼."

박현이 사라지고, 그 자리를 잠시 쳐다보던 피닉스는 인상을 찌푸렸다.

"그래도 그만하면."

하지만 그것도 잠시, 피닉스는 표정을 풀며 찻잔을 들었다.

"동맹이자 친구로 부족함이 없기는 하지."

홍차를 입으로 가져가던 피닉스는 다시 얼굴을 확 일그러트렸다.

"젠장!"

짧게 욕을 내뱉고는, 홍차를 마셨다.

"그래도 역시 마음에 안 들어."

＊　　　＊　　　＊

무당거리.

대별왕 신당.

끼익—

박현은 현관문을 열고 안으로 들어갔다.

바로 옆에 자신의 집이 있었지만, 이상하게 여기가 더 마음이 편했다.

신당으로 향하는데 툇마루에 서기원이 배를 까뒤집은 채 쿨쿨 자고 있었다.

저벅 저벅 저벅—

서기원은 박현의 걸음소리에 조금 뒤척이는가 싶더니 눈을 비비적거리며 눈을 떴다.

"왔어야?"

서기원은 하품을 켜며 자리에서 일어났다.

"완희는?"

"몰라야. 올 때부터 없었어야."

"그래?"

박현은 엉거주춤 자리에서 일어난 서기원 옆에 자리를 잡고 앉았다.

바람이 솔솔 불어왔다.

"좋다."

"그렇지야?"

그렇게 둘은 한참이나 멍하니 바람을 쐬었다.

꼬르륵—

적막감을 서기원의 배가 깨트렸다.

"출출해야."

밥 먹기는 좀 애매한 시간이었지만, 아무렴 어떨까.

"밥이나 먹을까?"

"반주는야?"

"반주?"

"빠지면 아주 섭섭해야."

"주종은?"

"당연히 막걸리이지야."

그러더니 입맛을 다셨다.

"그래, 먹자. 근데 뭐 먹을까?"

먹는 건 서기원한테 맡기는 게 가장 편안했다.

"<u>흐흐흐흐흐흐</u>."

뭔가 떠올랐는지 서기원은 음침한 웃음을 터트렸다.

"뭐데?"

"청국장에 생선 어때야?"

"생선?"

"이왕이면……, 간고등어?"

"청국장에?"

박현이 어이없다는 듯 물었다.

"뭘 물어야."

그러더니 얼굴을 가까이 가져와 속삭였다.

"완희 없을 때 먹어야 해야. 걸려봐야, 아주 난리도 난리도 그런 난리가 없어야."

하긴 전에 여기서 청국장에 고등어 한 번 먹었다가 난리가 난 적이 있었다.

"먹을까?"

박현은 그때를 떠올리며 씨익 웃었다.

"음트트트트트."

그 장단에 맞춰 웃던 서기원이 주머니 하나를 박현의 눈앞에서 달랑달랑 흔들었다.

"이게 바로 도깨비 주머니 아니겠어야."

"음식 창고가 아니고?"

"그게 바로 주머니지야."

"그럼 먹을까?"

박현이 말이 떨어지기가 무섭게 서기원이 자리에서 벌떡 일어났다.

우당탕탕탕!

서기원은 별당마루와 별채 주방을 뛰듯 오가며 거하게 한 상을 차리기 시작했다.

척!

서기원은 가스버너 2개를 꺼내더니 하나는 후라이펜을,

하나는 뚝배기를 얹었다.

"너무 본격적 아니냐?"

자신이 생각했던 건 이 정도는 아니었다.

전처럼 주방에서 조금 냄새를 피우며 먹는 정도였는데.

"룰루랄라~, 울라!"

서기원은 제목도 모를 노래를 웅얼거리며 도깨비 주머니에서 싱싱한 간고등어와 청국장 거리를 꺼냈다.

다다다다다닥!

한 편의 무협영화처럼 쾌도의 경지로 재료를 썬 서기원은 뚝배기에 청국장을 풀고 야채를 듬뿍 넣었다.

그 다음 후라이팬에 기름을 두른 후 고등어를 올렸다.

치이이이이이익!

뽀얀 연기가 피며 고소한 냄새가 풍겼다.

"오!"

청국장 향과 고등어 냄새가 자욱하게 오르자 입맛이 감돌았다.

"근데……."

박현은 활짝 열린 신당을 쳐다보았다.

평소에는 마루와 신당 사이에 장지문을 닫아놓았는데, 오늘따라 활짝 열려 있었다.

"아무래도 저거는 닫아야 하는 거 아니야?"

"뭐 어때야? 이미 늦었어야."

서기원은 음흉한 웃음을 지었다.

표정을 보니 백 퍼센트 의도한 게 틀림없었다.

"흠."

모르긴 몰라도, 폐안과 도철과의 싸움을 거치며 둘이 투닥투닥 거리더니.

"본인은 모른다."

"ㅎㅎㅎㅎㅎㅎ. 그냥 맛있게 드시기나 하셔야."

"그래."

그렇게 막 밥을 한 술 뜨는데.

쿵쿵!

현관문이 열리고, 친구로 보이는 중년 연인 둘이 조심스럽게 들어왔다.

"여기가 용하다는……, 흠흠."

자욱한 고등어와 청국장 냄새에 여인은 코끝을 찡그렸다.

"이게 무슨 냄새라니."

뒤따라 들어온 친구가 코를 향해 손부채질을 하며 눈가

를 찡그렸다.

"아우—, 이게 무슨."

둘은 누가 친구가 아니랄까 봐 식사를 하는 박현과 서기원을 잠시 쳐다보더니 몸을 돌렸다.

"가자, 옷에 냄새 배겠다."

그렇게 둘이 다시 밖으로 나가는데.

"아이구, 사모님들."

조완희의 목소리가 들려왔다.

"아니, 왜 그냥 가십니까?"

"아니 신당에서⋯⋯. 아휴—, 말을 말아야지."

"신당은 신성해야 하는 거 아니에요? 이런 관리로 무슨 신을 모신다고."

뾰족한 목소리가 나고.

"에이, 이 여편네들이. 내 신당이 신발이 아주 그냥⋯⋯. 어?"

투덜대며 현관문 안으로 들어오던 조완희의 목소리가 딱 끊어졌다.

"어라리야? 이게 무슨."

조완희는 황당하다는 듯 현관문을 활짝 열며 안으로 들어왔다.

"흐흐흐흐흐, 왔어야?"

서기원이 환하게 웃으며 손인사를 보냈다.

보란 듯이.

"이! 이! 쌍노무 시키들이!"

조완희는 이를 빠드득 갈며 시퍼런 살기를 내뿜었다.

"진짜 화났다. 피하자."

박현이 서기원을 향해 소곤거리며 엉덩이를 떼려는데.

"괜찮아야. 그냥 먹어야."

서기원은 조완희를 직시하며 숟가락으로 탁자를 탁—
두들기고는 청국장을 후르륵 한 입 마셨다.

"맛나야."

그런 후, 보란 듯이 이죽이며 고등어 구이 한 점을 오물
오물 입에 넣었다.

챙!

조용히 입을 닫은 조완희는 조용히 언월도를 꺼내들었
다.

"흥!"

서기원은 그런 조완희를 향해 콧방귀를 뀌며 도깨비방망
이를 꺼내들었다.

쿵!

그리고 바닥을 찧으며 가슴을 쭉 내밀었다.

"기운이 좀 거시기해야."

"그래, 오늘 날 잡자. 네가 죽나, 내가 사나."

팡!

조완희의 신형이 폭발하듯 신당 안으로 튀어 들어왔고,

"나가 순순히 당할 것 같아야? 어림 반 푼어치도 없어야!"

서기원도 두 다리에 힘을 줘 서기원의 언월도를 맞서 갔다.

쾅!

언월도와 도깨비방망이가 부딪히며 어마어마한 폭음을 터트렸다.

"하아—."

박현은 신당 안 대별왕 무속도를 흘깃 쳐다본 후 조용히 자리에서 일어났다.

왠지 등에서 느껴지는 서늘함에, 박현은 걸음을 멈추고 경건하게 대별왕 무속도를 향해 큰절을 올렸다.

그리고는 빠르게 종종걸음으로 별채로 향했다.

담을 넘어 자신의 집으로 가기 위함이었다.

아니나 다를까.

막 담을 넘는데.

"으아아악! 잘못했어야! 잘못했어야!"
"죄송합니다! 죽을죄를 지었습니다!"
서기원와 조완희의 처절한 울음이 들려왔다.
"혀, 현아!"
"네가 설명을 좀……."
이어 자신을 부르는 처절한 외침이 있었지만, 박현은 조용히 귀를 닫았다.

*　　　*　　　*

"아직 화해 안 했냐?"
박현은 아침을 먹으며 본체만체 서로 툴툴거리는 조완희와 서기원을 보며 혀를 찼다.
"쯧쯧."
"네가 잘 몰라서 그래야. 이놈, 엄청 음흉한 놈이어야. 내 세상에 친구란 놈이 글쎄 말이어야."
서기원이 갑자기 목에 핏대를 세우기 시작하자, 조완희가 끼어들었다.
"현아. 내 말 잘 들어봐. 이 새끼, 이거. 친구 놈 등에 칼을 그냥 확하고……."

그 뒤로 둘이 경쟁하듯 뭐라뭐라 떠들었는데, 박현은 귀를 닫고 조용히 밥을 비웠다.

수저를 놓은 박현은 냉수로 시원하게 마무리한 뒤 자리에서 일어났다.

"그래그래, 이해해."

박현은 마치 열심히 들었다는 듯 둘을 보며 이해하는 표정을 지어 보였다.

"듣긴 들었냐?"

조완희가 그를 노려보며 물었다.

"안 그런 것 같은디야."

서기원이 팔짱을 턱 끼며 박현을 직시했다.

"들었어. 그래도 어쩌냐, 응? 친구 사이에……."

박현이 대충 두루뭉술하게 넘기려는데.

"나가 뭐라고 그랬어야?"

서기원이 불쑥 질문을 던졌다.

"응?"

"나는?"

순간 박현이 말문이 막히자, 조완희도 그 빈틈을 놓치지 않고 질문을 던졌다.

그러자 위기감을 느낀 박현은 거의 빈 물잔을 말끔히 비운 후 자리에서 일어났다.

"어제 말했듯이 오늘 기나긴 인연이자, 악연을 끊으러 간다."

그리고는 비장한 목소리로 말했다.

"그럼 건투를 빌어줘."

박현은 몸을 돌리며 손을 들어 인사를 대신했다.

"잡아."

그때 조완희의 싸늘한 목소리가 흘러나왔다.

그 목소리가 너무나 싸늘해서일까, 박현은 저도 모르게 아주 미세하게 움찔거렸다.

"네가 나한테 그러면 안 돼야!"

우당탕탕탕—

식탁이 엎어지는 소리와 함께 서기원이 박현을 향해 훌쩍 뛰어올랐다.

"이 새끼, 네가 그러고도 친구냐?"

조완희도 몸을 훌쩍 날렸다.

그렇게 아차하는 순간.

왼쪽에서 서기원이 주먹을 날려왔고, 오른쪽에서 조완희가 발을 차올렸다.

그렇게 주먹과 발이 박현의 몸에 부딪히기 직전.

"늦지 말고 준비해라."

박현은 가볍게 발을 굴려 축지를 밟았다.

박현의 신형이 그렇게 사라지고.

휙!

서기원의 주먹은 박현이 머물었던 허공을 지나 정확히 조완희의 턱으로 향했다.

후악!

그리고 조완희의 발 역시 박현이 서 있던 허공을 지나쳐 서기원의 복부로 향했다.

그렇게 주먹과 발이 서로 엉키듯 교차하며 서로의 턱과 배를 후려쳤다.

"퀙!"

"꺽!"

서로가 서로를 때린 충격에, 조완희와 서기원은 뻣뻣한 고목나무처럼 뒤로 넘어갔다.

*   *   *

중국 베이징.

경산공원.

원, 명, 청, 3조를 거쳐 황실의 사랑을 받아온 정원을 박현이 느긋한 걸음으로 걷고 있었다.

박현은 다섯 개의 봉우리 중 가장 높은 봉우리에 자리한 만춘정을 올랐다.

얕은 언덕을 걸어 만춘정에 오르자, 베이징 시내가 한눈에 펼쳐졌다.

하지만 그것보다 발아래가 장관이었다.

한눈에 들어오는 자금성이 압도적이었다.

"좋군."

정취는 없었지만, 한눈에 담기도 어려운 규모는 나름 괜찮은 감흥을 주었다.

화악—

잠시 자금성을 내려다보며 시간을 보내자, 정자 뒤로 검은 구덩이가 만들어졌다.

초도의 길.

그 구멍으로 초도가 천천히 걸어 나왔다.

그는 아무 말 없이 박현 옆으로 걸어가 어깨를 나란히 섰다. 그렇게 둘은 한동안 말없이 자금성과 북경을 내려다보았다.

"차라도 한 잔 할까?"

먼저 입을 연 이는 초도였다.

"보이차가 유명하다고 하던데, 맛 좀 볼 수 있을까요?"

박현은 그제야 고개를 돌려 초도를 쳐다보았다.

초도가 고개를 끄덕이자, 몇몇 이들이 재빨리 정자에 다과상을 차렸다.

"차를 좋아하지 않지 않나?"

마주 앉은 초도가 묻자, 박현은 피식 웃으며 찻잔을 들었다.

"사실 지금도 차 맛은 잘 모릅니다."

"나도 그래."

초도도 피식 웃으며 찻잔을 들었다.

그리고 다시 이어진 침묵.

초도는 애꿏은 찻잔을 자꾸 매만졌다.

"이렇게 다과상까지 차려준 것을 보면 묻고 싶은 말씀이 있는 모양입니다."

이번에는 박현이 먼저 물었다.

"휴우—."

초도는 한숨을 푹 내쉬며 박현을 쳐다보았다.

그리고 살짝 망설이는가 싶더니 천천히 입을 열었다.

"누님은?"

"돌아가셨습니다."

그 답에 초도는 눈을 질끔 감았다.

이미 예상했던지 슬픔은 드러났지만, 그렇다고 감정이 요동치지는 않았다.

"편하게, ……편하게 보내드렸고?"

"그래도 웃으며 가셨습니다."

"웃으며……."

초도는 고개를 주억이며 찻잔을 들었다.

"다행이구나. 그래도 웃으며 가셨으니."

그렇게 한참을 더 주억이며 찻잔을 매만지던 초도가 다시 물었다.

"시신은?"

"누님이 원하시는 곳에 묻어드렸습니다."

"이 땅이 아니라?"

"누님이 '천상의 고향'이라고 부르는 곳입니다. 볕 잘 드는 아늑한 곳입니다."

"그렇구나. 그랬어."

초도는 '허어—.' 하며 하늘을 올려다보았다.

하긴 그녀가 철이 들면서부터 머나먼 이국으로 떠나 그곳에 터를 잡고 살았으니, 돌이켜보면 이곳에서 살아간 세월보다 그곳에서 살아간 세월이 더 길 터.

그곳을 고향이라 여겨도 그다지 이상하지 않을 세월이었

다.

"어서 마시자꾸나."

초도는 다시 차를 권하며 자신도 찻잔을 들었다.

잠시 후, 둘의 찻잔은 비었다.

"한 잔 더 ……할까?"

초도는 머뭇 물었다.

그 눈빛이 참 복잡했다.

하긴 애자를 제외하고는 가장 많은 정을 나눈 이가 바로
초도였다.

어차피 막을 수 없는 싸움임을 잘 알고 있었지만, 조금이
라도 그 싸움을 미루고 싶은 심정이리라.

"예. 차 맛은 모르지만 좋긴 좋네요."

박현이 고개를 끄덕이자 다시 찻잔이 차로 채워졌다.

그렇게 의미 없는 시간이 흐를 때였다.

고오오오오!

정자 주변의 공기가 용트림을 하듯 뒤흔들렸다.

"……!"

그 흔들림에 초도의 눈이 번쩍 떠졌고.

"흠."

박현의 눈매는 가늘어졌다.

화아아아아아—

잠시 후, 정자 앞에 돌풍이 일며 한 그림자가 바닥으로 툭 떨어졌다.

용생구자의 장남, 비희였다.

쿵!

그리고 그 옆으로 벼락이 떨어지듯 또 다른 그림자가 떨어졌는데, 이문이었다.

그 둘을 필두로 포뢰와 공복, 금예가 모습을 드러냈다.

"……형님."

초도가 어정쩡하게 자리에서 일어나며 그를 불렀다.

저벅 저벅 저벅—

비희는 아무런 대답도 없이 정자 위를 올라왔다.

그에 맞춰 박현도 자리에서 일어나 그를 마주했다.

퍼석— 와장창창창!

비희는 발치에 놓인 자그만 다과상을 흘깃 쳐다본 후 발로 밟아 으깨버렸다.

그 모습에 박현의 미간이 슬쩍 좁아졌다.

"혀, 형님!"

초도가 미약한 성을 냈다.

하지만 그건 내니만 못한 것이나 매한가지였다.

"못난 놈!"

비희는 초도를 책망한 뒤 박현에게로 좀 더 다가가 섰다.

"너를 마주하는 데 좀 더 시간이 걸릴 줄 알았는데."

"굳이 기다릴 필요가 있나 싶었습니다."

박현은 습관처럼 여전히 말을 높여주었다.

"그렇기에는 너무 많은 일을 저질렀어."

"그게 뭐가 그리 중요합니까? 어차피 소멸되면 끝인 것을."

비희는 그런 박현을 잠시 노려보았다.

"어차피 너는 바람 따라 살았지. 전장은 준비를 해놨다. 북경 위쪽 군부대 폭격장……."

비희의 말에 박현이 피식 웃음을 터트렸다.

"그거야 본인이 알 바가 아니지요."

박현은 품에서 부적 한 다발을 꺼내 허공에 날렸다.

"전장은 이미 이곳입니다."

쾅!

박현 주변으로 어마어마한 기운이 터졌다.

"무얼 그리 사서 걱정을 하시는 겁니까? 어차피 죽으면 끝인 것을."

화르르르륵—

부적들이 불타오르며 저승의 기운을 끌어왔다.

"본인은 오늘로 우리의 인연을 끊을 참입니다."

박현의 눈에서 시퍼런 살기가 튀어나왔다.

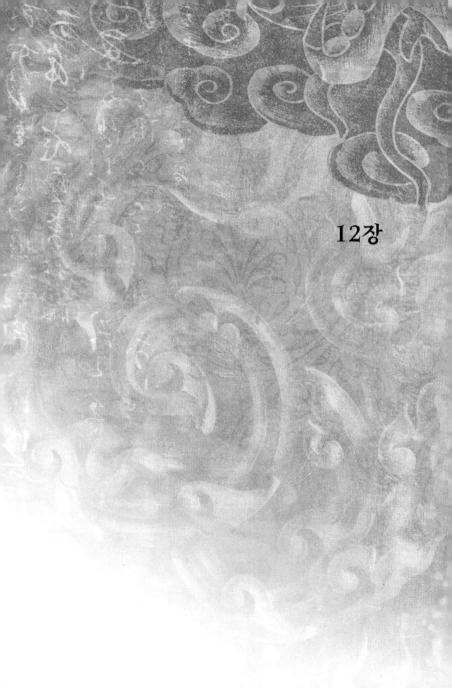

12장

쏴아아아아아—

사방으로 수십 장의 부적이 낙엽처럼 사방으로 바람에 휘날렸다.

규칙도 없이, 그저 바람에 이리 날리고 저리 날리는 것처럼 보였지만 부적들은 사방을 점하며 나풀나풀 바닥으로 가라앉았다.

"핫!"

부적에 담긴 힘을 언뜻 엿본 비희는 폭탄을 터트리듯 일갈을 내질렀다.

퍼엉—

엄청난 기운이 터지며 부적들을 밀어냈지만, 또 다른 부적들이 그 자리를 다시 채웠다.

"젠장!"

비희가 다시금 기운을 터트리려 했지만 그보다 빠르게 부적들이 자신들의 기운을 발산시켰다.

화아아아아악!

부적들은 푸른 불꽃을 일으키며 주변을 푸른색으로 물들였다.

푸르스름한 귀광(鬼光)이 주변을 뒤덮자, 흐르는 공기가 달라졌다.

가벼워 느껴지지 않아야 할 공기가, 무언가 질척하고 끈적거리는 느낌을 주었다. 동시에 중력이 무거워진 것인지 어깨가 묵직해졌다.

중력이 바뀐 것은 아니리라.

다만 질식할 만큼 무거워진 공기가 그렇게 느끼게 할 따름이었다.

어찌 되었든.

공기가 바뀌고, 세상이 푸르스름하게 바뀌자, 비희의 안색이 바뀌었다.

"……저승."

비희는 입술을 질끈 깨물며 중얼거렸다.

'……!'

순간 잊고 있던 것을 떠올리며 비희는 재빨리 주변을 둘러보았다.

'하아—.'

묘한 한숨이 흘러나왔다.

왜냐하면 저승으로 바뀐 땅 안에 형제들이 모두 있었기 때문이었다.

든든하면서도, 묘한 불길함이 들었다.

"형님."

그런 마음을 아는지, 이문이 빠르게 다가와 그의 곁에 섰다.

"분명."

"그래. 대별왕의 땅이다."

"대별왕이 작정을 한 모양입니다."

이곳은 엄연히 상제(上帝)가 다스리는 땅.

그곳에 대별왕이 침범한 것이었다.

"결국 둘 중에 하나는 죽어야 이 땅을 벗어날 수 있겠군."

비희는 눈살을 찌푸리며 박현을 노려보았다.

고오오오오—

그때 머리 위에서 낯설지만 익숙한 기운이 느껴졌다.

자연스럽게 비희와 이문의 시선이 하늘로 올라갔다.

검은 태양을 연상케하는 검은 빛 사이로 붉은 기둥이 뚝 떨어져 내렸다.

쿵!

쿠웅!

거대한 두 개의 붉은 기둥이 떨어지고, 그 안으로 붉은 문짝과, 그 위로 기와가 얹어졌다.

옥문.

'폐안?'

폐안의 것과 너무나도 똑 닮아 있었다.

하지만 폐안의 것이 아님을 알아차렸다.

폐안의 상징인 그의 형상이 옥문 어느 곳에도 없었기 때문이었다.

'…지국천왕?'

모습을 드러낸 옥문에는 칼을 든 동(東)의 수호신 지국천왕이 새겨져 있었다.

쿵쿵쿵쿵쿵—

연이어 사방으로 나머지 세 개의 옥문이 하늘에서 내려와 땅에 박혔다.

그 옥문에는 각기 다른 이들이 새겨져 있었는데, 그들은 각각 광목천왕, 증장천왕, 그리고 다문천왕이었다.

그들의 상징이자, 그들의 권역인 동서남북을 점해 옥문이 내려선 것이었다.

끼익—

옥사 동문이 열리고.

뿌연 연기와 함께 거대한 신형의 지국천왕이 모습을 드러냈다.

그리고 순차적으로 나머지 세 사천왕도 옥문을 열고 밖으로 걸어 나왔다.

그들이 풍기는 기운은 살벌하기 짝이 없었다.

"혀, 형님."

그들의 내뿜은 위압감에 기가 살짝 눌린 포뢰와 공복, 금예가 다급히 그의 뒤에 붙었다.

"기가 죽을 필요 없다."

"하지만……."

"저들은 사천왕의 진신이 아니다."

"예?"

"거짓된 신, 가신(假神)이다."

"……?"

"자고로 한반도의 전파된 불교는 이상하리만큼 변형이

되었지."

대표적으로 호국불교라 불리는 한반도의 불교는 다른 곳과 달리 현지의 신들도 교내로 받아들이며 상당히 이질적인 현지화를 이뤘다.

"당연한 소리가 아니겠느냐. 부처의 땅을 지켜야 할 사대천왕이 고작 대별왕의 저승에서 활동하리라 보느냐?"

"아!"

비희의 말에 포뢰와 공복, 금예는 마음이 조금 편해진 듯 기가 다시 살아났다.

"하지만, 우습게 보지 마라. 그 힘은 진신에 필적할 정도이니."

"예, 형님."

"걱정 마십시오!"

포뢰와 공복, 금예가 한 목소리로 대답했다.

쿵!

옥문 넷이 끝이라 여겼는데.

하늘에서 사천왕의 옥문보다도 더 큰 옥문이 내려섰다.

비희와 이문은 다시 긴장하며 옥문을 쳐다보았다.

끼이익—

문이 차츰 열리고, 가장 먼저 보인 것은 어둠 속에서 번뜩이는 두 개의 눈동자였다.

"크르르르르르!"

그곳에서 짐승의 울음이 흘러나왔다.

'음?'

그 울음소리가 너무나도 익숙해 박현이 고개를 갸우뚱거렸다.

'이 울음은 호랑이의 것인데.'

아니나 다를까.

쿵!

검은 줄무늬에 황색 털을 가진 굵은 앞발이 옥문 밖으로 툭 걸어 나왔다.

집채보다도 더 큰 호랑이가 어슬렁어슬렁 옥문을 걸어 나왔다.

그 크기가 용에 필적하기에 이문과 비희, 그리고 3인방은 움찔하며 뒤로 두어 걸음씩 물러났다.

"나가 왔어야!"

그 호랑이 위에서 서기원이 주먹으로 가슴을 쿵 치며 소리쳤다.

"산신각 신령을 타고 왔어야!"

서기원은 위에서 아래를 쭉 훑어본 후, 고개를 돌려 박현을 쳐다봤다.

"나가 이런 존재여야."

씨익 웃으면서 손가락으로 V자를 그렸다.

그르르륵!

그 반대편에서 땅이 울리며 자그만 구멍이 만들어졌다.

마치 초도의 길처럼 보이는 그 구멍에서 언월도를 든 조완희가 훌쩍 뛰어오르며 모습을 드러냈다.

"나도 왔노라! 으하하하하하하!"

가슴을 쭉 내밀며 걸걸한 웃음을 터트렸다.

*   *   *

박현.

거대한 호랑이를 탄 서기원.

사천왕.

그리고 언월도를 든 조완희.

도합 일곱.

'좋지 않아.'

비희는 미간을 좁혔다.

"포뢰, 공복, 금예, 초도."

비희는 동생들을 불렀다.

"예, 형님."

"예!"

"너희들은 사천왕을 맡아라."

짧게 명을 내린 비희는 이문을 쳐다보았다.

"힘들겠지만, 네가 저 두 아이를 맡아다오."

이문이 좌우로 서 있는 서기원과 조완희를 쳐다보았다.

"차라리 난전으로 가시는 건 어떻습니까?"

"난전?"

"우리 둘이 저 셋을 동시에 상대하는 게 더 나아 보입니다."

이문의 말에 비희는 아주 짧게 고민하고, 결정했다.

"좋은 생각이다. 하지만 이문아."

"예."

"나는 오로지 박현에게만 집중할 것이다."

"당연한 소리입니다."

비희는 이문의 어깨를 툭 치며 앞으로 한 걸음 나아갔다.

그리고 단숨에 인간의 육신을 찢으며 진신을 드러냈다.

"캬하아아아아아아아!"

현무를 닮은, 용의 형상을 한 거북이가 그렇게 모습을 드러냈다.

그리고 그를 마주한 이.
"꺄아아아아아아아!"
박현도 육신을 찢고 하늘로 날아올랐다.

둘의 울음이 먼저 부딪히며, 최후의 전쟁의 서막을 알렸다.

＊　　　＊　　　＊

"가즈아!"
서기원이 주먹을 번쩍 들며 소리치자.
『휴우―, 가세나.』
지국천왕이 한숨을 푹 내쉬며 칼을 뽑아들었다.
『하아―.』
『어쩌다.』
『그러게 말일세.』
그에 나머지 사천왕들이 한숨과 한탄, 푸념을 내뱉으며 앞으로 뛰어나갔다.
쾅!

그렇게 사천왕과 포뢰, 공복, 금예, 초도가 부딪히고.

"크르르르!"

산신각 호랑이, 산신령이 느릿한 걸음을 내디뎠다.

"이제 내가 나설 차례가 되었어야. 후후후."

서기원은 산신각 호랑이, 산신령 등 위에 서며 팔짱을 꼈다.

"가즈아!"

서기원이 주먹을 번쩍 들며 호기롭게 외쳤다.

그 외침에 비희와 이문이 순간 움찔하며 기운을 급격히 끌어올렸으나.

"크르릉."

산신령 호랑이는 귀찮다는 듯 바닥에 주저앉아 뒷발로 귀를 마구 긁었다.

"……?"

당연히 산신령 호랑이와 대치하던 이문이 의아한 표정을 지었다.

"야. 야!"

당황한 건 비단 그만이 아니었다.

서기원은 산신령 호랑이의 목을 슬쩍 발로 차며 속삭이듯 산신령 호랑이를 불렀다.

"크하암!"

그러거나 말거나, 산신령 호랑이는 크게 하품을 하며 기지개를 쭉 켰다.

"진짜, 너 이럴 거여야? 앙?"

서기원이 산신령 호랑이의 뒷목 털을 잡고 흔들었다.

"크항?"

그에 산신령 호랑이는 눈썹을 치켜떴다.

"내가 어? 맛난 것도, 어? 막 주고, 어? 그랬는데, 이러면 되어야?"

서기원이 산신령 호랑이의 귀를 잡아당기며 화를 냈다.

"크릉!"

그에 산신령 호랑이가 조금 움찔했지만, 이내 귀찮은 표정을 지으며 자리에서 일어났다.

"그래야!"

산신령 호랑이가 자신의 말에 따르자, 서기원이 의기양양하게 다시 팔짱을 끼며 이문을 내려다보았다.

하지만 그것도 잠시.

"쿠헤엥!"

산신령 호랑이는 몸을 좌우로 털었다.

"우악! 우아아악~!"

서기원은 힘없이 바닥으로 툭 떨어져 떼구르르 굴렀다.

"쿵!"

산신령 호랑이는 서기원을 향해 콧방귀를 한 번 뀌고는 몸을 돌려 옥문 안으로 사라졌다.

"하하, 하하."

서기원은 어이없어하며 자신을 쳐다보는 이문을 향해 어색한 웃음을 지었다.

"하아—."

박현은 손바닥으로 이마를 짚으며 한숨을 내쉬었다.

"자가, 저래 보여도 부끄러움이 많아야."

서기원은 쭈뼛쭈뼛 자리에서 일어나더니 다시 허리에 양손을 척 올리며 가슴을 쭉 내밀었다.

"이제부터 진짜 시작이어야!"

서기원이 이문을 향해 달려 나갔다.

"꺄우우우우웅!"

이문은 포효하며 진신을 드러냈다.

전체적으로 용의 형상을 가졌으나 상어의 얼굴에 지느러미를 가지고 있어, 그 모습이 참 기묘했다.

어쨌든 단숨에 진신을 드러낸 이문은 허공을 밟으며 자신을 향해 다가오는 서기원을 향해 입을 쩍 벌렸다.

"꺄우우웅!"

이문의 입에서 소용돌이가 만들어지는가 싶더니 거대한 물폭탄이 쏘아져 나갔다.

"으메!"

갑작스럽게 자신을 덮치는 물폭탄에 서기원이 재빨리 몸을 웅크렸다.

콰과광!

물 폭탄이 터지며 서기원은 뒤로 튕겨져 나가 바닥에 처박혔다.

『이놈! 죽어랏!』

후아아아악!

이문은 긴 몸을 틀어 서기원을 향해 꼬리를 휘둘렀다.

집채만 한 꼬리가 서기원의 몸을 덮칠 때였다.

『어딜!』

걸걸한 목소리가 터지며 조완희가 그 안으로 튀어들어갔다.

그리고는 언월도를 바닥에 꽂으며 양팔을 교차해 이문의 꼬리를 막아갔다.

콰아앙!

마치 폭탄이 터진 것처럼 먼지가 자욱하게 피었다.

『크흐!』

적잖은 충격을 입은 듯 조완희, 관성제군은 묵직한 신음을 토했다.

그로 그럴 것이, 조완희의 두 다리가 무릎까지 땅에 박힐 정도로 그 충격이 어마어마했던 까닭이었다.

『괜찮으냐?』

조완희는 고개를 돌려 서기원을 쳐다보았다.

"벼언…….."

『변?』

서기원은 요상한 자세를 취하다 말고 서 있었다.

"신."

『신?』

"……."

서기원은 서서히 일그러지는 조완희를 멀뚱멀뚱 내려다 보았다.

『벼언 ……신?』

조완희의 어이없는 반문이 끝나자.

펑―

서기원의 몸에서 자욱한 연기가 피어났다.

"으하하하하하!"

그렇게 모습을 드러낸 서기원의 온몸은 묵빛 갑옷으로 뒤덮여있었다.

"나가 말이어야."

서기원이 고개를 내려 조완희를 쳐다보았다.

"들어는 봤을라나 몰라야."

『……?』

"치우, 라고."

『치, 치우? 치우천왕?』

조완희가 눈을 동그랗게 떴다.

"내가 그 후손이어야."

서기원은 엄지손가락으로 자신을 가리켰다.

"그리고 이제 내가 치우이어야."

"……!"

조완희, 정확히는 관성제군의 눈이 화등잔처럼 크게 떠졌다.

"잘 봐야. 치우의 힘을."

스르릉―

서기원은 도깨비방망이가 아닌 검을 뽑아들었다.

"으하하하하하하하!"

그리고 광오한 웃음을 남기며 이문을 향해 몸을 날렸다.

"흐앗!"

그리고 일갈을 터트리는 서기원의 등 뒤로 또 다른 환영이 겹쳐졌다.

『……치우라.』

조완희는 언월도로 땅을 찍으며 파묻힌 두 다리를 뽑아냈다.

『홋!』

허리를 쭉 편 조완희는 이문과 부딪혀가는 서기원을 보며 묘한 웃음을 지었다.

『전설 속의 치우란 말이지.』

조완희는 언월도를 허공 위에서 한 바퀴 휘두른 후 다시 땅을 찍었다.

쿵!

묵직한 울임이 땅을 타고 울렸다.

『하앗!』

조완희는 무릎을 굽힌 후, 이문을 향해 몸을 날렸다.

*　　　*　　　*

코끼리처럼 굵은 네 개의 다리로 굳게 땅을 밟고 선 비희와 허공을 얇게 떠서 날갯짓을 펄럭이는 박현.

그렇게 박현과 비희가 거대한 몸으로 마주했다.

『너를 찢어 죽여, 네 살점을 천하 곳곳에 뿌리겠다. 그리고 한반도를 세상에서 지울 것이다.』

『훗.』

살벌한 비희의 말에 박현은 실소를 내뱉었다.

『그건 알아서 하세요. 어차피 본인이 없는 세상일 텐데.』

박현이 개의치 않아 하자, 비희의 뺨이 씰룩거리며 누런 연기 같은 숨이 흘러나왔다.

『갈!』

비희는 몸을 살짝 떨더니 일갈을 터트렸다.

"캬하아아아아아아아!"

이어 진신의 울음이 터지고.

쿵— 쿵— 쿵!

그는 공기마저 찍어 밟으며 박현을 향해 달려들었다.

"꺄아아아아아아!"

박현도 그에 질세라 광오한 울음을 터트리며 하늘로 날아올랐다.

그렇게 날아오른 박현이 몸을 틀어 비희를 향해 뚝 떨어져 내리며 날카로운 발톱을 드러냈다.

콰아아아앙!

박현의 날카로운 발톱이 비희의 어깨를 파고들었다.

그러자 비희는 거북이 껍질 안에 숨어 있던 목을 길게 내뺐다. 그 목은 흡사 뱀처럼 박현의 몸을 휘감아버렸다.

쿠웅!
삼족오의 몸을 포박한 비희는 땅으로 떨어지듯 내려서며 박현을 바닥으로 끌어내렸다.
그리고 채찍처럼 목을 휘둘러 박현을 땅에 처박았다.
콰아앙!
땅거죽이 들썩일 정도로 그 충격이 크게 퍼졌다.
박현이 충격을 받은 듯하자, 비희는 재빨리 목을 풀며 코끼리처럼 굵은 다리를 들어 박현의 몸을 찍어갔다.
"꺄아아아아!"
하지만 박현은 한 마리 제비처럼 날렵하게 비희를 스치듯 날아올랐다.
서걱!
그의 날갯짓을 따라 핏줄기가 터졌다.

"크르르르르르!"
비희는 뺨에서 느껴지는 고통에 분노를 낮게 터트리며 박현을 쫓아 고개를 들었다.

주르르르―

비희의 뺨을 타고 피가 흘러내렸다.

톡!

첫 핏방울이 바닥에 떨어지자, 둘은 다시 서로를 향해 달려들었다.

＊　　　＊　　　＊

비희.

용생구자의 장남이자, 용생구자를 이끌어가는 수장.

그가 단순히 장남이라서, 먼저 태어나서 용생구자들을 이끌어가는 게 아니었다.

용의 자식으로 태어났으나 용이 되지 못한 존재였지만, 그가 내뿜는 기운은 천외천 중 천외천인 용에 비해 결코 떨어지지 않았다.

그가 숨죽여 살아와서 그렇지, 그가 용생구자를 이끌고 패욕(霸慾)을 부렸다면, 아마 동아시아의 역사가 달라졌을지 모른다.

그만큼 비희의 힘은 강했다.

쿵!

비희가 땅을 밟고, 이어 허공을 밟으며 박현을 향해 뛰듯 날아올랐다.

"쿠호오오오!"

비희의 입에서 물의 브레스가 쏘아져 나갔다.

박현은 물 찬 제비처럼 물의 브레스를 피하며 비희의 긴 목을 노렸다.

스르륵—

그러자 비희는 목을 몸통 안으로 쑥 집어넣으며 몸을 한껏 웅크렸다.

'그렇다면 껍질을 찢어주지.'

박현은 방향을 선회해 발톱을 바싹 세웠다.

태양빛 기운이 마치 검기처럼 박현의 발톱에 맺혔다.

박현은 그 기운을 실어 비희의 등껍질을 마구 할퀴었다.

퍼석— 퍼석—

박현이 발톱으로 비희의 등껍질을 마구 헤집었지만, 생각보다 깊게 베지 못했다.

'쯧.'

박현이 속으로 혀를 차며 신형을 틀어 비희의 배를 노리려 했다.

그렇게 박현이 몸을 트는 순간.

"……?"

마치 용암이 끓어오르듯 비희의 등껍질이 부글부글거렸다.

쏴아아아아—

동시에 거센 소나기 같은 소리가 박현의 귀를 파고들었다.

핑—

얇고 뾰족한 무언가가 박현의 미간을 노리고 날아왔다.

"……!"

박현은 본능적으로 고개를 틀어 눈에 잘 보이지도 않는 미세한 침과 같은 무언가를 피했다.

퍽!

그것에 빰 쪽 깃털 하나가 찢기듯 뜯겨나갔다.

이어서 보인 것은 비희의 등껍질에 수북이 솟아나는 털처럼 얇은 물의 침이었다.

핑— 핑—

그 침들이 하나둘 화살처럼 쏘아졌다.

하지만 그것은 시작일 뿐이었다.

피비비비비빙!

융단폭격을 하듯, 수천 수만은 되어 보일 법한 침들이 사방으로 쏘아졌다.

『흡!』

박현은 헛바람을 들이켜며 재빨리 날개를 오므려 몸을 가렸다.

『끄으!』

마치 불길에 닿은 것처럼 온몸이 뜨겁게 느껴질 정도로 화끈거렸다.

『크흐, 크하앗!』

박현은 몸을 살짝 웅크렸다가 날개를 활짝 펼치며 태양의 빛을 폭사했다.

화아아아아아—

하늘 아래 또 다른 태양이 뜬 것처럼 빛이 폭발했다.

화아아아아—

그러자 박현의 몸에서부터 수증기가 피더니 주변으로 짙은 물안개가 피어났다.

머리카락보다도 작은 비희의 물 침이 태양빛을 이기지 못하고 그대로 증발한 탓이었다.

"크르르르르."

박현의 몸에서 피어나는 수증기가 붉게 변했다.

그의 몸에서 나는 피가 증발하면서였다.

"캬하아아아아악!"

박현은 황금빛 안광을 뿌리며 몸을 살짝 높이 띄웠다.

그리고 활짝 펼친 날개가 날갯짓을 하는 순간.

팡!

박현이 있던 곳에서 공기가 터지며 그의 신형이 그 자리에서 사라졌다.

면도칼처럼 얇은 빛 한 줄기가 비희의 등을 베고 지나갔다.

사각—

아주 희미한 절삭음이 이어졌고.

푸학!

이내 비희의 등껍질이 깊게 갈라지며 피가 터지듯 뿜어져 나왔다.

"꺼억!"

고통이 깊었던지 비희는 몸을 비틀며 억눌린 신음을 내뱉었다.

그리고 또다시 빛 한 줄기가 비희의 목을 노리고 날아들었다.

그때.

『이노옴!!』

이문의 일갈이 터지며, 빛줄기 앞으로 거대한 해일이 들이닥쳤다.

집채만 한 파도에 빛이 멈추며 박현이 모습을 드러냈다.

하지만 박현이 나설 사이도 없이.

"으랏차차차!"

서기원이 조완희의 도움을 받아 몸을 훌쩍 날려 파도 앞
으로 뛰어내렸다.

"내가 바로 치우여야아아아!"

서기원은 이상한 기합을 내지르며 검을 일(一) 자로 휘둘
렀다.

묵빛 기운이 검날을 통해 십여 미터는 훌쩍 넘게 흘러나
와 채찍처럼 휘어지며 파도를 베어냈다.

콰르르르르—

뿌리가 없는 파도는 그대로 엎어져 사라졌다.

"어딜 가려고 그래야?"

서기원은 검을 어깨에 툭 걸치며 이문의 앞을 가로막았다.

"신경 쓰지 말고, 어서 끝내야."

서기원은 박현을 보며 씨익 웃어 보였고,

"이곳은 신경 쓰지 말거라."

조완희도 이문의 앞을 막으며 서기원과 같은 말을 건넸다.

"훗."

박현은 담담한 웃음을 짧게 내비친 후 다시 비희를 쳐다
보았다.

　두둑— 두둑—
　박현은 목을 꺾으며 다시 긴장감을 높였다.
　그리고 다시 날개를 활짝 펼쳐 창공으로 날아올랐다.
　쿵쿵쿵쿵쿵!
　그리고 비희도 박현을 쫓아 허공을 밟으며 하늘로 뛰어
올랐다.

　그렇게 다시 마주한 둘.
　『너의 일족은 끝까지 아버지의 길을 막아서는구나.』
　동아시아의 지배자 용.
　그 용이 찬탈하지 못한 유일한 땅.
　그리고 그 땅의 주인.
　『나는 그런 거 몰라.』
　『……?』
　『그대들이 몰랐던 것처럼.』
　『…….』
　비희는 그에 답을 주지 않았다.
　『본인은 그저, 내 품의 이들을 지켜줄 뿐이야. 그리고.』

박현의 품에서 다시금 짙은 살기가 흘러나왔다.

찬란한 태양빛에 담긴 살기는 묘하게 아름다웠다.

『그래서 슬프지만, 그대들과의 인연을 지금 끊어내는 것이고.』

『궤변이다.』

『궤변이면 어쩌고, 아니면 어쩔 텐가.』

화아아아아—

박현의 몸 주변으로 눈이 멀 정도로 밝은 태양이 담기기 시작했다.

『문답무용!』

비희가 몸을 낮게 웅크리며 거센 물줄기를 만들어냈다.

하늘에는 또 다른 태양이 뜨고,

메마른 땅은 물로 차오르기 시작했다.

그리고 다시.

빛과 물이 부딪혔다.

*   *   *

서걱!

빛의 칼날이 물을 베고, 베인 물은 태양을 덮쳤다.

서로가 서로를 베고 가두며 치열한 싸움이 이어졌지만 보이는 것과 달리 서로 직접적인 치명상은 없었다.

"캬르르르르."

박현은 하늘로 높이 날아올라, 바다처럼 물이 넘실거리는 땅을 내려다보았다.

그 물 위에 비희가 오연히 서서 자신을 올려다보고 있었다.

하늘에서는, 물이 없는 하늘에서는 상대가 되지 못한다 느낀 탓일까, 비희는 더 이상 박현을 따라 허공으로 뛰어오르지 않았다.

그래서일까.

싸움은 지지부진해졌다.

결국 누군가는 상대의 품으로 뛰어들어야 이 싸움이 결판이 날 터.

비희를 내려다보는 박현의 눈매가 가늘어졌다.

그리고 분위기가 바뀌었다.

묵직하게 내리누르는 기운에 비희도 긴장감이 오른 듯 몸을 꿈틀거렸다.

『심해에도 빛은 있지.』

『뭐?』

『하물며 얕은 물이야 말해서 뭐할까?』

뜬금없는 박현의 말에 비희가 눈살을 찌푸리는데, 박현의 신형이 그를 향해 뚝 떨어져내렸다.

『네놈의 숨통을 끊어주마!』

비희 주변으로 깔린 물들이 중력을 거스르며 하늘로 솟아올랐다.

수십 줄기의 물줄기는 마치 뱀처럼 구불구불하게 꺾여 박현의 몸을 휘감아갔다.

그 순간.

박현은 활짝 펼쳤던 날개를 접으며 비희를 스쳐 물속으로 뛰어들어 갔다.

푸학!

거센 물보라가 사방으로 퍼졌지만, 물속은 평온했다.

잔잔한 일렁거림 위에 비희의 배가 훤히 드러났다.

'캬하아아아아아아!'

물속이라 울음이 터지지 않았지만, 태양빛의 힘은 줄지 않았다.

태양의 빛은 몇 자루의 칼날처럼 얇게 나뉘어 비희의 네 다리와 배를 베고 지나갔다.

서걱!

비희의 몸에서 피가 튀며 물 표면이 붉게 물들었다.

"크하악!"

비희가 다급히 물속으로 힘을 투영했다.

태양의 칼날 앞에서 물을 터트리거나, 물살을 거칠게 비틀어 자신을 향하는 칼날을 꺾어버린 것이었다.

『훗!』

그에 박현은 짧은 조소를 머금으며 모든 힘을 끌어올렸다.

화아아아아아!

박현 주변의 물들이 빛을 이겨내지 못하고 조금씩 말라갔다.

그리고 박현은 폭탄을 터트리듯 태양 빛을 터트렸다.

콰아아아아아아앙!

버섯 구름이 만들어질 정도로 엄청난 폭발이 물을 터트렸고, 터지는 물기마저 완전히 녹여버렸다.

한순간이지만, 주변의 물들이 사라지자, 박현은 그 틈을 놓치지 않았다.

박현은 다시 태양이자 빛이 되어 비희의 배를 꿰뚫었다.

"크르르!"

배를 관통한 빛을 본 비희는 멍하니 눈을 껌뻑이며 자신의 배를 쳐다보았다.

얇은 상처가 보였고, 핏물이 살짝 맺혀 있었다.

생각보다 상처가 크지 않았다.

내부에 제법 큰 고통이 일어 움직이기 불편했지만, 깔끔하게 관통한 듯 생각보다는 몸 상태가 나쁘지 않았다.

『어……?』

빛의 칼날로 자신의 배를 꿰뚫은 박현을 향해 분노를 담아 두꺼운 발로 찍어 누르려던 비희가 순간 몸을 굳히며 멍한 목소리를 냈다.

좌작— 좌작—

얼마 후, 비희의 등껍질이 쭉쭉 갈라지기 시작했다.

찢어지기 시작한 부위는 비단 등 껍질만이 아니었다.

배도 찢어지기 시작했고, 배를 따라 내려와 네 발도 조금씩 갈라지기 시작했다. 그리고 마침내 목에도 조금씩 균열이 가기 시작했다.

『꺼어—.』

갑자기 들이차는 고통에 비희가 고개를 들었다.

목이 막힌 듯 신음은 얇기 짝이 없었다.

『꺼억!』

마침내 숨이 탁 막히자, 찢어진 곳에서 희미한 빛이 새어
나오기 시작했다.

『너, 너…….』

비희는 툭툭 목을 이상하게 꺾으며 박현을 내려다보았
다.

콰과과과광!

비희가 마지막 말을 꺼내려는 찰나, 그의 몸은 폭발하며
산산 조각 났다.

"캬하아아아아아아!"

그의 죽음에 삼족오가 하늘 높이 날아올라 장대한 울음
을 터트렸다.

*   *   *

"이제 어쩔 참이어야?"

서기원이 피 묻은 갑옷을 벗으며 물었다.

"글쎄."

박현은 어색한 웃음을 지으며 고개를 들어 하늘을 올려
다보았다.

"중국은? 아니 일본도 있군."

서기원도 언월도를 아공간 주머니에 넣으며 다가와 섰다.

"딱히."

박현은 씨익 웃었다.

"인간 세상의 일은 인간들이 알아서 하겠지."

"너는?"

"본인?"

박현의 반문에 서기원과 조완희는 동시에 고개를 끄덕였다.

"그저 지금처럼 본인의 땅과, 본인의 땅에서 살아가는 이들을 보호할 뿐."

박현은 씨익 웃었다.

"배고프다, 밥이나 먹자."

"어디서야?"

서기원의 물음에.

"어디긴 어디야? 별왕당이지."

당연하다는 듯 대답했다.

"반찬은야?"

"글쎄, 뭘 먹을까?"

박현은 조완희를 향해 얄궂은 웃음을 지으며 하늘로 날아올랐다.

"내가 생각해 놓은 반찬이 있어야."

서기원도 재빨리 옥문을 내려 그 안으로 쏙 사라졌다.

"야! 야! 너 이 새끼들! 냄새나는 거 먹으면 죽여 버린다!"

조완희가 소리를 버럭 지르며 서기원의 뒤를 따라 옥문으로 사라졌다.

〈완결〉

『마법군주』 발렌 작가의 신작!

『정령의 펜던트』

"정령사는 말이지, 되고 싶다고 해서 되는 게 아니야.
그냥 그렇게 태어나는 거지.
날 때부터 정해진 운명 같은 거라고."

dream
books
드림북스

環生王

환생왕

ORIENTAL FANTASY STORY & ADVENTURE

요도/김남재 신무협 장편소설

정체를 알 수 없는 세력들에 의해
비참한 최후를 맞이한
천룡성(天龍城)의 후계자 천무진.
그런 그에게 찾아온 또 한 번의 삶.
그리고 그를 돕기 위해 나타난 여인 백아린.

"이번엔…… 당하지 않는다."

이젠 되돌려 줄 차례다.
새로운 용이 강호를 뒤흔든다!

dream books
드림북스